LA RÊVEUSE D'OSTENDE

Né en 1960, normalien et docteur en philosophie, Eric-Emmanuel Schmitt s'est d'abord fait connaître en tant que dramaturge avec *Le Visiteur*, devenu un classique du répertoire théâtral international. Plébiscitées tant par le public que par la critique, ses pièces ont été récompensées par plusieurs Molière et le Grand prix du théâtre de l'Académie française. Son théâtre, qu'il met parfois en scène lui-même, est traduit dans plus de quarante langues et désormais joué dans le monde entier. Sa carrière de romancier, initiée par *La Secte des Égoïstes*, s'est poursuivie avec *L'Évangile selon Pilate, La Part de l'autre, Lorsque j'étais une œuvre d'art, Ulysse from Bagdad, La Femme au miroir, Les Perroquets de la place d'Arezzo*. Il pratique l'art de la nouvelle avec bonheur : *Odette Toulemonde, La Rêveuse d'Ostende, Concerto à la mémoire d'un ange* (prix Goncourt de la nouvelle 2010)*, Les Deux Messieurs de Bruxelles*. Son Cycle de l'invisible (*Milarepa, Monsieur Ibrahim et les fleurs du Coran, Oscar et la dame rose, L'Enfant de Noé, Le sumo qui ne pouvait pas grossir, Les dix enfants que madame Ming n'a jamais eus*) a remporté un immense succès en France et à l'étranger. En 2006, il écrit et réalise son premier film, *Odette Toulemonde*, suivi, en 2009, de sa propre adaptation d'*Oscar et la dame rose*. Mélomane, Eric-Emmanuel Schmitt est aussi l'auteur de *Ma vie avec Mozart* et *Quand je pense que Beethoven est mort alors que tant de crétins vivent*. En 2015, il publie un récit autobiographique, *La Nuit de feu*. Il a été élu à l'académie Goncourt en janvier 2016.

Paru au Livre de Poche :

ERIC-EMMANUEL SCHMITT

La Rêveuse d'Ostende

ALBIN MICHEL

© Éditions Albin Michel, 2007.

ISBN : 978-2-253-13437-4 – 1re publication LGF.

La rêveuse d'Ostende

Je crois que je n'ai jamais connu personne qui se révélât plus différente de son apparence qu'Emma Van A.

Lors d'une première rencontre, elle ne donnait à voir qu'une femme fragile, discrète, sans relief ni conversation, d'une banalité promise à l'oubli. Pourtant, parce qu'un jour j'ai touché sa réalité, elle ne cessera de me hanter, intrigante, impérieuse, brillante, paradoxale, inépuisable, m'ayant pour l'éternité accroché dans les filets de sa séduction.

Certaines femmes sont des trappes où l'on tombe. Parfois, de ces pièges, on ne veut plus sortir. Emma Van A. m'y tient.

Tout a commencé un timide, frais mois de mars, à Ostende.

J'avais toujours rêvé d'Ostende.

En voyage, les noms m'attirent avant les lieux. Dressés plus haut que les clochers, les mots carillonnent à distance, distincts à des milliers de kilomètres, envoyant les sons qui déclenchent les images.

Ostende...

Consonnes et voyelles dessinent un plan, dressent des murs, précisent une atmosphère. Quand la bourgade porte le patronyme d'un saint, ma fantaisie la construit autour d'une église ; dès que son vocable évoque la forêt – Boisfort – ou les champs – Champigny –, le vert envahit les ruelles ; s'il signale un matériau – Pierrefonds –, mon esprit gratte les crépis pour exalter les pierres ; évoque-t-il un prodige – Dieulefit –, je conçois une cité posée sur un piton escarpé, dominant la campagne. Lorsque j'approche une ville, j'ai d'abord rendez-vous avec un nom.

J'avais toujours rêvé d'Ostende.

J'aurais pu me contenter de la rêver sans y aller si une rupture sentimentale ne m'avait jeté sur les routes. Partir ! Quitter ce Paris trop imprégné des souvenirs d'un amour qui n'était plus. Vite, changer d'air, de climat…

Le Nord m'apparut une issue car nous n'y étions jamais passés ensemble. En dépliant une carte, je fus aussitôt magnétisé par sept lettres tracées sur le bleu figurant la mer du Nord : Ostende. Non seulement les sonorités me captivaient mais je me souvins qu'une amie possédait une bonne adresse pour y séjourner. En quelques coups de téléphone, l'affaire fut réglée, la pension réservée, les bagages entassés dans la voiture, et je m'acheminai vers Ostende comme si mon destin m'y attendait.

Parce que le mot commençait par un O d'étonnement puis s'adoucissait avec le *s*, il anticipait mon éblouissement devant une plage de sable lisse s'étendant à l'infini… Parce que j'entendais « tendre » et non pas « tende », je me peignais les rues en couleurs pastel sous un ciel paisible. Parce que les racines linguistiques me suggéraient qu'il s'agissait d'une cité « qui se tient à l'ouest », je combinais des maisons groupées face à la mer, rougies par un éternel soleil couchant.

En y arrivant à la nuit, je ne sus pas trop quoi penser. Si, en quelques points, la réalité d'Ostende convergeait avec mon rêve d'Ostende, elle m'imposait aussi des démentis violents : quoique l'agglomération se trouvât bien au bout du monde, en Flandre, dressée entre la mer des vagues et la mer des champs, encore qu'elle offrît une vaste plage, une digue nostalgique, elle révélait aussi comment les Belges avaient enlaidi leur côte sous prétexte de l'ouvrir au grand nombre. Barres d'immeubles plus hautes que des paquebots, logements sans goût ni caractère répondant à la rentabilité immobilière, je découvris un chaos urbain qui racontait l'avidité d'entrepreneurs tenant à capturer l'argent de la classe moyenne lors de ses congés payés.

Heureusement, l'habitation dont j'avais loué un étage était une rescapée du XIXe siècle, une villa édifiée à l'époque de Léopold II, le roi bâtisseur. Ordinaire en son temps, elle était aujourd'hui devenue exceptionnelle. Au milieu d'immeubles récents incarnant le degré zéro de l'invention géométrique, simples parallélépipèdes divisés en étages, étages eux-mêmes découpés en appartements, appartements bouchés par d'horribles fenêtres en verre fumé, toutes symétriques – d'une rationalité à vous écœurer de la rationalité –, elle témoignait, solitaire, d'une volonté architecturale ; elle avait pris le temps de se parer, variant la taille et le rythme de ses ouvertures, s'avançant ici en balcon, ici en terrasse, là en jardin vitré, risquant des fenêtres hautes, basses, moyennes, voire des fenêtres d'angle, puis soudain s'amusait, comme une femme se pose une mouche sur le front, à arborer un œil-de-bœuf sous la toiture d'ardoise.

Une cinquantenaire rousse à la face large, couperosée, s'encadra dans la porte ouverte.

– Qu'est-ce que tu veux ?

– Suis-je chez Madame Emma Van A. ?

– Correct, gronda-t-elle avec un rustique accent flamand qui accusait son aspect patibulaire.

– J'ai loué votre premier étage pour quinze jours. Mon amie de Bruxelles a dû vous prévenir.

– Mais oui, dis ! Tu as rendez-vous ici ! Je préviens ma tante. Entre, s'il vous plaît, entre donc.

De ses mains rêches, elle m'arracha mes valises, les planta dans le hall et me poussa vers le salon avec une amabilité brusque.

Devant la fenêtre se découpait la silhouette d'une femme frêle, assise sur un fauteuil roulant, tournée vers la mer dont le ciel buvait l'encre sombre.

– Tante Emma, ton locataire.

Emma Van A. pivota et me dévisagea.

Alors que d'autres se seraient animées pour plaire en souhaitant la bienvenue, elle entreprit de m'étudier avec gravité. Très pâle, la peau usée par les ans plutôt que ridée, les cheveux partagés entre le noir et le blanc dans un ensemble non pas gris mais bicolore, présentant des mèches contrastées, Emma Van A. appuyait une longue figure sur un cou délié. Était-ce l'âge ? Était-ce une attitude ? Sa tête penchait sur le côté, l'oreille près de l'épaule gauche, le menton relevé vers l'épaule droite, de sorte que, par son attention oblique, elle semblait écouter autant qu'observer.

Je dus rompre le silence :

– Bonjour, madame, je suis ravi d'avoir trouvé à me loger chez vous.

– Vous êtes écrivain ?

Je compris le sens de son examen précédent : elle se demandait si j'avais un physique à rédiger des romans.

– Oui.

Elle soupira, comme soulagée. Visiblement, ma situation d'auteur l'avait décidée à ouvrir son domicile.

Derrière moi sa nièce comprit que l'intrus avait réussi son concours d'entrée et lança de sa voix de trombone :

– Bon, je vais finir de préparer les chambres, dis, c'est prêt dans cinq minutes.

Pendant qu'elle s'éloignait, Emma Van A. la couva du regard qu'on a envers un chien fidèle mais borné.

– Excusez-la, monsieur, ma nièce ne sait pas vou-voyer. En néerlandais, voyez-vous, on n'emploie que le tutoiement.

– Dommage de se priver d'un tel plaisir, sauter du tu au vous.

– Le plus grand plaisir serait d'user d'une langue où n'existe que le vous, non ?

Pourquoi avait-elle répliqué cela ? Craignait-elle que je devienne trop familier ? Je demeurais debout, un peu gêné. Elle m'invita à m'asseoir.

– C'est curieux. Je passe ma vie au milieu des livres mais je n'ai jamais rencontré un écrivain.

Un coup d'œil autour de moi confirma ses propos : des milliers de volumes couvraient les rayons du salon, mordant même sur la salle à manger. Pour me permettre de mieux en profiter, elle glissa entre les meubles avec son fauteuil, aussi silencieuse qu'une ombre, et alluma des lampes aux éclats fragiles.

Quoique je ne savoure rien tant que la compagnie du papier imprimé, cette bibliothèque me mettait mal à l'aise sans que je parvinsse à comprendre pourquoi. Les tomes avaient de l'allure, reliés en cuir ou en toile avec un soin méticuleux, titres et noms d'auteurs poinçonnés en lettres d'or ; de tailles différentes, ils se suivaient avec variété, sans désordre ni symétrie excessive, selon un rythme qui témoignait d'un goût constant, et cependant... Sommes-nous si habitués aux éditions originales qu'une collection reliée nous déconcerte ? Souffrais-je de ne pas distinguer mes jaquettes favorites ? Je peinais à formuler mon embarras.

– Vous me pardonnerez, je n'ai pas lu vos romans, me dit-elle en se méprenant sur mon désarroi.

– Ne vous en excusez pas. Personne ne peut tout connaître. En outre, je n'attends pas cela des gens que je fréquente.

Tranquillisée, elle cessa d'agiter son bracelet de corail autour de son maigre poignet et sourit aux murs.

– Pourtant je consacre mon temps à la lecture. Et à la relecture. Oui, surtout. Je relis beaucoup. Les chefs-d'œuvre ne se révèlent qu'à la troisième ou à la quatrième fois, non ?

– À quoi repérez-vous le chef-d'œuvre ?

– Je ne saute pas les mêmes passages.

Elle saisit un volume en cuir grenat qu'elle entrebâilla avec émotion.

– L'*Odyssée* par exemple. Je l'ouvre à n'importe quelle page et je déguste. Appréciez-vous Homère, monsieur ?

– Mais... naturellement.

À son iris qui fonça, je devinai qu'elle estimait ma réponse légère, voire cavalière. Je m'efforçai donc de développer un point de vue plus circonstancié.

– Je me suis souvent identifié à Ulysse, parce qu'il s'avère plus rusé qu'intelligent, qu'il rentre chez lui sans se presser, qu'il vénère Pénélope sans dédaigner aucune des jolies femmes croisées en voyage. Au fond, il est si peu vertueux, cet Ulysse, que je me sens proche de lui. Je le trouve moderne.

– C'est curieux de croire l'immoralité contemporaine, naïf aussi… À chaque génération, les jeunes gens ont l'impression d'inventer le vice : quelle présomption ! Quel genre d'ouvrages écrivez-vous ?

– Les miens. Ils ne se casent dans aucun genre.

– Très bien, conclut-elle, son ton professoral confirmant que je subissais un examen.

– Me permettrez-vous de vous en offrir un ?

– Ah… vous en avez emporté avec vous ?

– Non. En revanche, je suis certain que dans les librairies d'Ostende…

– Ah oui, les librairies…

Elle avait émis ce mot comme si on venait de lui rappeler l'existence d'une chose ancienne, oubliée.

– Vous savez, monsieur, cette bibliothèque était celle de mon père qui enseignait la littérature. Je vis parmi ces publications depuis mon enfance sans besoin d'augmenter sa collection. Il y a tant d'opuscules que je n'ai pas encore parcourus. Tenez, pas plus loin que derrière vous, George Sand, Dickens… il me reste quelques tomes d'eux à découvrir. Victor Hugo aussi.

– Ce qui caractérise le génie de Victor Hugo, c'est qu'il y a toujours une page de Victor Hugo qu'on n'a pas lue.

– Exact. Ça me rassure de vivre ainsi, gardée, enca-
drée par des géants ! C'est pour cela qu'il n'y a pas ici
de… nouveautés.

Après avoir hésité, elle avait prononcé le mot « nouveautés » avec précaution et regret, l'articulant du bout
des lèvres, comme un vocable vulgaire, sinon obscène.
En l'écoutant, je me rendais compte qu'il s'agissait en
effet d'un terme commercial, propre à désigner un
article de mode mais impropre à définir une œuvre
littéraire ; je découvrais aussi qu'à ses yeux je n'étais
qu'un auteur de « nouveautés », un fournisseur, en
quelque sorte.

– Les romans de Daudet ou de Maupassant ne
furent-ils pas, à leur parution, des « nouveautés » ?
demandai-je.

– Le temps leur a donné leur place, répliqua-t-elle
comme si je venais de proférer une insolence.

J'avais envie de suggérer que c'était elle qui, maintenant, se montrait naïve, or, ne me sentant pas le
droit de contredire mon hôtesse, je me bornai à diag-
nostiquer la cause de mon malaise : cette bibliothèque
ne respirait pas, elle s'était figée en musée il y a quarante ou cinquante ans, elle n'évoluerait plus tant que
sa propriétaire refuserait d'y injecter le moindre sang
neuf.

– Pardonnez mon indiscrétion, monsieur : vous êtes
seul ?

– Je suis venu ici me remettre d'une séparation.

– Oh, je suis désolée… très désolée… je vous blesse
en vous remémorant cela… oh, excusez-moi.

Sa chaleur, son effroi, sa nervosité soudaine souli-
gnaient sa sincérité, elle se reprochait vraiment de

m'avoir plongé la tête dans un seau de mauvais souvenirs. Elle balbutia, l'air égaré :

– Ostende, c'est parfait pour un chagrin d'amour…

– N'est-ce pas ? Vous pensez que je vais guérir ici ?

Elle me fixa en fronçant les sourcils.

– Guérir ? Vous comptez guérir ?

– Cicatriser, oui.

– Estimez-vous que vous allez y arriver ?

– Oui, je le crois.

– C'est étrange, murmura-t-elle en me détaillant comme si elle ne m'avait jamais vu auparavant.

La nièce fit vibrer les dernières marches de l'escalier sous son poids et débarqua, essoufflée, croisant ses bras courts sur sa poitrine informe, pour me décocher d'un ton victorieux :

– Voilà, tu peux emménager ! Tu as toutes les pièces à toi, là-haut. Tu vas choisir ta chambre. Suis-moi, s'il vous plaît.

– Gerda va vous conduire, cher monsieur. Moi, depuis mes problèmes de santé, je n'occupe plus que le rez-de-chaussée. Ce qui me permet de vous laisser l'étage où vous serez à l'aise. Servez-vous des livres que vous trouverez, à condition que vous les rangiez à leur place.

– Merci.

– Gerda vous montera votre petit déjeuner le matin, si vous ne vous levez pas trop tôt.

– Neuf heures et demie me conviendrait.

– Parfait. Alors bonsoir, monsieur, et bon séjour.

Quelle inspiration m'envahit ? Je sentis qu'elle était le genre de femme qui attendait un baisemain. Bien vu : sitôt m'étais-je approché qu'elle me tendait un poignet sur lequel je m'inclinai selon l'usage.

Sa nièce nous observa comme deux clowns, haussa les épaules, saisit les valises et commença l'ascension du tremblant escalier en bois verni.

Quand je quittai le salon, la voix d'Emma Van A. m'arrêta :

— Monsieur, je repense à vos paroles, à l'instant, lorsque vous estimiez que vous alliez cicatriser. Ne vous fourvoyez pas sur ma réaction : c'était de l'approbation. Je le souhaite. J'en serais même très contente.

— Merci, madame Van A., moi aussi j'en serais content.

— Parce que si vous vous en remettez, c'est que, de toute façon, ça n'en valait pas la peine.

J'en demeurai bouche bée.

Elle me scruta intensément puis déclara d'un ton péremptoire :

— D'un amour essentiel, on ne se remet pas.

Sur ce, ses mains mirent en mouvement les roues de son fauteuil et, en trois secondes, elle se replaça devant la fenêtre, dans la position où je l'avais trouvée en arrivant.

À l'étage, je découvris un intérieur décoré avec un goût sûr, chargé et féminin dont l'aspect suranné ajoutait encore au charme.

Après visite, je choisis la chambre « aux mésanges bleues », ainsi nommée à cause du tissu tendu sur les murs, une toile de coton japonisante dont les teintes passées offraient un raffinement subtil. En m'installant, je m'évertuai à dégager parmi tant de bibelots de la place pour mes affaires mais ce décor, telle une sculpture baroque en coquillage, n'avait de sens que par la profusion.

Gerda me conseilla quelques restaurants, me confia un jeu de clés et me quitta afin de parcourir en vélo les dix kilomètres qui la séparaient de son foyer.

Je jetai mon dévolu sur l'auberge la plus proche de la Villa Circé, réservant la marche au lendemain. Déjà soûlé par l'air marin, je m'endormis sitôt allongé sous les lourds édredons piqués qui recouvraient mon lit.

Au matin, après un petit déjeuner copieux apporté par Gerda – champignons, œufs, croquettes de pommes de terre –, je retrouvai sans surprise Emma Van A. à son poste, devant la fenêtre.

Comme elle ne m'avait pas entendu descendre et que la lumière du jour entrait avec effronterie dans la pièce, je distinguai mieux les traits, le comportement de ma logeuse.

Alors qu'elle ne faisait rien, elle ne paraissait pas inoccupée. Des sentiments variés traversaient ses prunelles, des idées tendaient puis détendaient son front, ses lèvres retenaient mille discours qui voulaient s'échapper. Débordée par une riche vie intérieure, Emma Van A. se partageait entre les pages d'un roman ouvert sur ses genoux et les afflux de songes qui l'envahissaient dès qu'elle relevait la tête vers la baie. J'avais l'impression qu'il y avait deux navires qui cheminaient, séparés, le navire de ses pensées et le navire du livre ; de temps en temps, lorsqu'elle baissait les paupières, leurs sillages se mêlaient un moment, mariant leurs vagues, puis son navire à elle continuait sa route. Elle lisait dans le but de ne pas dériver seule, elle lisait non pour remplir un vide spirituel mais pour accompagner une créativité trop puissante. De la littérature comme une saignée afin d'éviter la fièvre…

Emma Van A. avait dû être très belle, même âgée. Cependant une maladie récente – une hémorragie cérébrale selon Gerda – l'avait reléguée de l'antiquité à la brocante. Désormais ses muscles avaient fondu, son corps n'était plus mince mais maigre. Elle semblait si légère qu'on imaginait ses os poreux, prêts à se rompre. Des articulations rongées par l'arthrose rendaient ses gestes difficiles, néanmoins elle n'y prêtait aucune attention tant un feu l'habitait. Ses yeux demeuraient remarquables, grands, d'un bleu éclairci, un bleu où passaient les nuages du Nord.

Mon salut l'arracha à ses méditations, elle me contempla d'un air hagard. À cet instant, je l'aurais définie comme tourmentée. Or le sourire vint, un vrai sourire, pas hypocrite, une éclaircie dans un climat océanique.

– Ah, bonjour. Avez-vous bien dormi ?

– Tellement bien que je ne m'en souviens pas. Je vais découvrir Ostende.

– Comme je vous envie… Bonne journée, monsieur.

Je déambulai plusieurs heures dans Ostende, ne m'enfonçant guère au-delà de vingt minutes à l'intérieur des rues, revenant toujours vers la promenade ou sur la digue, telle une mouette appelée par l'air du large.

La mer du Nord avait des couleurs d'huître, du vert-brun des vagues au blanc nacré de l'écume ; ces teintes altérées aux nuances précieuses, alambiquées, me reposaient de mes éclatants souvenirs de Méditerranée, bleu pur et sable jaune, d'un chromatisme vif aussi primaire qu'un dessin d'enfant. À cause de ces tons assourdis qui évoquaient les délices iodées qu'on éprouve en dégustant des fruits de mer dans les brasseries, cette mer-là se présentait aussi comme plus salée.

Même si je n'étais jamais venu à Ostende, j'y retrouvai des souvenirs et je laissai des sensations d'enfance bercer mon esprit. Le pantalon relevé au genou, j'offris mes pieds à la morsure du sable, puis à la récompense de l'eau. Comme autrefois, j'avançai jusqu'à mi-mollets dans les vagues, inquiet de m'aventurer davantage. Comme autrefois, je me sentis minuscule sous un ciel infini, devant des flots infinis.

Autour de moi, peu de monde. Des vieillards. Est-ce pour ce motif que les anciens apprécient tant la côte ? Parce qu'à la baignade, on n'a pas d'âge ? Parce qu'on regagne l'humilité, les plaisirs simples de l'enfance ? Parce que, si les bâtiments et les commerces enregistrent le passage du temps, le sable et les vagues, eux, demeurent vierges, éternels, innocents ? La plage reste un jardin secret sur lequel le temps n'a pas prise.

Je m'achetai des crevettes que je mangeai debout, en les trempant dans une barquette de mayonnaise, puis continuai mes déambulations.

De retour à la Villa Circé, vers dix-huit heures, j'étais ivre de vent, de soleil, des rêveries plein le crâne.

Emma Van A. se tourna vers moi, sourit en constatant mon état d'ébriété joyeuse, me demanda d'un air entendu :

– Alors, cette découverte d'Ostende ?

– Fascinante.

– Jusqu'où êtes-vous allé ?

– Jusqu'au port. Car, franchement, je ne serais pas capable de m'installer ici sans naviguer.

– Ah oui ? Vous ne resteriez ici qu'à condition de partir ? C'est bien une réflexion d'homme.

– Vous voyez juste. Les hommes deviennent marins et les femmes…

– … épouses de marins ! Puis veuves de marins.

– Qu'attend-on lorsqu'on habite toute une vie sur un port au bout des terres ?

Sensible à l'incongruité de la question, elle me couva avec sympathie, sans répondre, m'encourageant à poursuivre. Je continuai donc :

– On attend un départ ?

Elle secoua les épaules pour exclure l'hypothèse.

– On attend un retour ?

Ses larges iris gris s'accrochèrent à moi. J'eus l'impression d'y percevoir une plainte mais la voix, ferme, la démentit :

– On se souvient, monsieur, on se souvient.

Puis son visage se tourna vers le large. De nouveau, elle était si occupée que je n'étais plus là ; elle fixait le lointain comme je contemplais une page vierge, et s'y aventurait résolument en songes.

De quoi se souvenait-elle ? Rien sous ce toit ne racontait son passé, tout appartenait aux générations antérieures, livres, meubles, tableaux. J'avais l'impression qu'elle était venue ici, telle une pie, avec un trésor volé, et l'avait entreposé, se contentant de rafraîchir les tissus des rideaux et des murs.

Une fois à l'étage, je posai la question à sa nièce :

– Gerda, votre tante m'a confié qu'elle consacrait ses journées à se rappeler le passé. À votre avis, elle se remémore quoi ?

– Je n'en sais rien. Elle n'a pas travaillé. Elle est restée vieille fille.

– Vraiment ?

– Ça, je t'assure. On n'a pas connu un homme à tante Emma, la pauvre. Jamais. La famille sait ça. Dis, dès qu'on parle monsieur ou mariage, elle se referme comme une moule.

– Des fiançailles rompues ? Un fiancé mort à la guerre ? Un ratage qu'elle appellerait son drame, dont elle cultiverait la nostalgie ?

– Même pas ! À l'époque quand la famille était plus nombreuse, des oncles, des tantes ont essayé de lui présenter des partis convenables. Oui, oui. Des fiancés très acceptables. Fiasco sur fiasco, monsieur, tu crois ça ?

– C'est curieux…

– Rester solitaire ? Ah ça oui ! Moi, je ne pourrais pas… Je n'ai pas épousé le plus bel homme de la côte mais au moins il est là, il m'a donné mes enfants. Une existence comme celle de ma tante ? Plutôt me suicider de suite.

– Elle n'a pourtant pas l'air malheureuse.

– Faut lui rendre mérite : elle ne se plaint pas. Même maintenant que ses forces s'en vont et que ses économies ont fondu comme du beurre, elle se plaint pas, dis ! Non, elle se tourne vers la fenêtre, elle sourit, elle rêve. Au fond, elle n'aura rien vécu mais elle aura rêvé…

Gerda avait raison. Emma vivait ailleurs, pas parmi nous. N'y avait-il pas dans son port de tête – visage oblique sur cou gracile – quelque chose de penché qui donnait l'impression que ses rêves pesaient trop lourd ?

À partir de cette discussion, je l'appelai en secret la rêveuse… la rêveuse d'Ostende.

Le lendemain, elle m'entendit descendre et se dirigea vers moi en entraînant son fauteuil.

– Voulez-vous prendre un café en ma compagnie ?

– Avec plaisir.

– Gerda ! Sers-nous deux tasses, s'il te plaît.

Elle chuchota à mon intention :

– Son café, c'est un jus de chaussette si léger qu'il n'énerverait pas un nouveau-né.

Gerda nous apporta deux bols fumants avec fierté, comme si notre envie de bavarder autour de ce breuvage rendait hommage à ses dons de cuisinière.

– Madame Van A., j'ai été remué par ce que vous m'avez suggéré le premier soir.

– Quoi ?

– Je me console vite de ce qui m'a chassé de Paris : je n'ai donc pas perdu grand-chose en concluant cette liaison. Souvenez-vous, vous aviez affirmé qu'on ne se remettait que de ce qui n'était pas important ; en revanche, on ne se remettait pas d'un amour essentiel.

– Une fois, j'ai vu la foudre toucher un arbre. Je me suis sentie très proche de lui. Il y a un moment où l'on brûle, où l'on se brûle, c'est intense, merveilleux. Après, il ne reste que des cendres.

Elle se tourna vers la mer.

– On n'a jamais vu une souche, même vivante, redonner corps à un arbre entier.

Là, j'eus l'impression subite qu'elle était, elle, sur son fauteuil, cette souche immobilisée au sol…

– J'ai le sentiment que vous me parlez de vous, dis-je avec douceur.

Elle tressaillit. Une brusque inquiétude, presque une panique, agita ses doigts, son souffle se raccourcit.

Pour se donner une contenance, elle s'empara de sa tasse, la but, se brûla, pesta contre la chaleur.

Je feignis d'être dupe de sa diversion et tempérai son café en lui versant de l'eau.

Une fois qu'elle fut remise, j'ajoutai néanmoins :

– Sachez que je ne vous demande rien, madame Van A., je respecte votre secret, je ne m'en approcherai pas.

Déglutissant, elle me scruta pour tester ma sincérité ; je soutins son attention. Convaincue, elle finit par incliner la tête et murmurer d'une autre voix :

– Merci.

Le temps était venu pour moi de lui offrir un de mes livres acheté la veille ; je le tirai de ma poche arrière.

– Tenez, je vous ai apporté le roman que j'estime avoir le mieux réussi. Ce qui me comblerait, c'est qu'à l'occasion vous le lisiez et que vous l'appréciiez.

Elle m'arrêta, comme frappée de stupeur.

– Moi ? Mais… c'est impossible…

Elle porta la main à son cœur.

– Vous comprenez, je ne lis que des classiques. Je ne lis pas… les… les…

– Nouveautés ?

– Oui, les parutions récentes. J'attends.

– Vous attendez quoi ?

– Que la réputation de l'auteur soit confirmée, que son œuvre soit considérée comme devant appartenir à une vraie bibliothèque, que…

– Qu'il soit mort, c'est cela ?

C'était sorti malgré moi. Voir Emma Van A. rechigner face à mon présent me révoltait.

– Eh bien, dites-le : les meilleurs auteurs sont morts ! Rassurez-vous, cela m'arrivera aussi. Un jour,

j'éprouverai cette consécration du trépas et le lendemain peut-être me lirez-vous !

Pourquoi cette rage ? Quelle importance que cette
vieille fille m'admire ou pas ? En quoi avais-je besoin
qu'elle s'intéresse à moi ?

Elle se redressa sur son siège, tenta de se hausser au
maximum et, quoique en dessous de moi, me toisa :

— Monsieur, vu mon âge, mes attaques à répétition,
ne soyez pas présomptueux : je devrais m'en aller avant
vous, bientôt. Et disparaître ne me donnera aucun
talent. Pas plus qu'à vous d'ailleurs.

Son fauteuil virevolta ; elle serpenta entre les meubles
de la bibliothèque.

— C'est triste mais il nous faut l'admettre : nous ne
nous rencontrerons pas.

Elle stoppa ses roues devant la monumentale fenêtre
donnant sur les flots.

— Parfois des êtres constitués pour s'enflammer ne
vivent pas la grande passion qui leur était destinée car
l'un est trop jeune, l'autre trop âgé.

Elle prononça encore d'une voix brisée :

— Dommage, j'aurais aimé vous lire…

Elle était sincèrement peinée. Vraiment, cette femme
me mettait les idées à l'envers. Je la rejoignis.

— Madame Van A., j'ai été grotesque de m'emporter, idiot d'apporter ce cadeau, odieux de vouloir vous
l'imposer. Excusez-moi.

Elle se tourna vers moi et j'aperçus des larmes dans
ses yeux d'ordinaire si secs.

— J'ai envie de dévorer votre livre mais je ne peux
pas.

— Pourquoi ?

— Imaginez qu'il ne me plaise pas…

Rien que d'y songer, elle frissonna d'horreur. Sa violence m'émut. Je lui souris. Elle le remarqua et me rendit mon sourire.

– Ce serait terrible : vous êtes tellement sympathique.

– Mauvais écrivain, je cesserais de vous être sympathique ?

– Non, vous deviendriez ridicule. Or je place la littérature si haut que je ne vous supporterais pas en médiocre.

Entière, tout entière, trop entière, elle vibrait de sincérité.

J'avais envie de rire. Pourquoi nous tourmenter pour quelques pages ? Je nous trouvais soudain attendrissants.

– Ne nous fâchons pas, madame Van A. Je reprends mon roman, parlons d'autre chose.

– Même ça, ce n'est pas possible.

– Pourquoi ?

– Parler. Je ne peux pas raconter ce que je veux.

– Qui vous en empêche ?

Elle tergiversa, chercha du secours autour d'elle, parcourut les rayons pour y dénicher un appui, faillit répondre une première fois, se reprit, puis lâcha d'une voix exténuée :

– Moi.

Elle soupira, répéta avec désolation sa réponse :

– Oui, moi…

Ses yeux s'accrochèrent soudain aux miens et elle me lança avec une énergie éperdue :

– Vous savez, j'ai été jeune, j'ai été séduisante.

Pourquoi me disait-elle cela ? Quel rapport ? Du coup, je demeurai bouche bée.

Elle insista en dodelinant de la tête :

– Oui, j'ai été ravissante. Et j'ai été aimée !

– J'en suis sûr.

Furieuse, elle me jaugea.

– Non, vous ne me croyez pas !

– Si…

– Peu importe. Je me moque de ce qu'on pense de moi ou de ce qu'on a pensé. Non seulement je m'en moque, mais je suis à l'origine de toutes les erreurs qu'on a relatées. Je les ai provoquées.

– Qu'a-t-on colporté sur vous, madame Van A. ?

– Eh bien, rien justement.

Un temps.

– Rien. Absolument rien.

Elle haussa les épaules.

– Gerda ne vous en a pas parlé ?

– De quoi ?

– De ce rien. Ma famille juge que ma vie a été vide. Avouez…

– Euh…

– Voilà, elle vous l'a lâché ! Ma vie c'est rien. Pourtant, elle a été riche, ma vie. Il est très faux, ce rien.

Je m'approchai d'elle.

– Voulez-vous me raconter ?

– Non. J'ai promis.

– Pardon ?

– J'ai promis le secret.

– À qui ? À quoi ?

– Répondre, c'est commencer à trahir…

Cette femme me confondait : sous l'antique demoiselle grouillait un tempérament fort, trempé, habité par la fureur, l'intelligence affûtée, usant des mots comme de poignards.

Elle se tourna vers moi.

– J'ai été aimée, vous savez. Comme rarement on l'a été. Et j'ai aimé. Autant. Oh, oui, autant si c'était possible…

Ses yeux se brouillèrent.

Je posai ma main sur son épaule pour l'encourager.

– Il n'est pas interdit de raconter une histoire d'amour.

– À moi, si. Parce que cela met en cause des personnages trop importants.

Ses mains frappèrent ses genoux, comme si elle imposait le silence à ceux qui voulaient parler.

– Ça servirait à quoi que je me sois tue tant d'années si je brise le silence ? Hein ? Mes efforts, depuis toujours, réduits à néant ?

Ses doigts noueux saisirent les roues de son fauteuil, donnèrent une poussée considérable, et elle quitta la pièce pour s'enfermer dans sa chambre.

En sortant de la Villa Circé, je croisai Gerda sur le trottoir, occupée à trier les déchets afin de les répartir entre différentes poubelles.

– Êtes-vous sûre que votre tante n'a pas connu une grande passion ?

– Certaine, dis. On l'a souvent plaisantée là-dessus. S'il y avait quelque chose, elle l'aurait raconté depuis des siècles, dis, rien que pour avoir la paix !

Dans un vacarme épouvantable, elle comprima les trois bouteilles en plastique les ratatinant à la taille d'un bouchon.

– Je me permets d'insister, Gerda, car j'en ai la conviction.

– On voit que tu gagnes ton pain à débiter des bobards, toi. Quelle imagination !

Ses courtes mains déchirèrent des emballages de carton comme s'il s'agissait de feuilles de papier à cigarettes. Elle s'arrêta soudain en fixant deux mouettes qui passaient au-dessus de nous.

– Puisque tu insistes, je me rappelle l'oncle Jan. Oui. Il aimait bien tante Emma. Un jour, il m'a confié une chose drôle : tous les hommes qui avaient courtisé tante Emma s'étaient enfuis en courant.

– Pourquoi ?

– Elle leur vomissait des choses méchantes.

– Elle, méchante ?

– Il répétait ça, l'oncle Jan. Le résultat est là ! Aucun n'en a voulu.

– Si on analyse ce que rapportait votre oncle Jan, c'est plutôt elle qui n'en a voulu aucun.

De surprise, la nièce bloqua sur ce point de vue. Je poursuivis :

– Si elle se montrait aussi exigeante avec les hommes qu'avec les écrivains, on se persuade qu'aucun n'a trouvé grâce. Comme elle n'en rencontrait pas d'assez bons, elle s'arrangeait pour les décourager. En réalité, votre tante tenait à rester indépendante !

– C'est possible, concéda la nièce à contrecœur.

– Qui nous prouve que, si elle les écartait, ce n'était pas pour défendre la place de celui qu'elle protégeait, l'unique dont elle ne parlait pas ?

– Tante Emma ? Une double vie ? Mm… la pauvre…

Gerda grogna, sceptique. Sa tante ne l'intéressait qu'en tant que victime, elle ne l'affectionnait qu'avec pitié, voire un brin de mépris ; sitôt qu'on lui donnait à supposer qu'il y avait une rationalité ou une richesse derrière son comportement, Gerda n'y prêtait plus attention. Le mystère ne l'intriguait pas, les explications davantage à condition qu'elles fussent mesquines. Gerda s'apparentait à ces gens pour qui comprendre c'était rabaisser, le romanesque ou le sublime demeurant pure fumée.

J'aurais voulu cheminer toute la journée, or le climat écourta mon excursion. Non seulement un vent hostile tourmentait ma concentration mais de sombres nuages bas finirent par lâcher une pluie aux gouttes grasses, froides.

Deux heures plus tard, je me réfugiai à la Villa, et lorsque je franchis la porte, Gerda m'assaillit, la panique dans la voix.

– Ma tante est à l'hôpital, elle a eu une attaque !

Je me sentis coupable : elle pestait tant lorsque je l'avais quittée que l'émotion avait dû déclencher un malaise cardiaque.

– Que disent les médecins ?

– Je te guettais pour aller à l'hôpital. Maintenant, j'y vais.

– Voulez-vous que je vous accompagne ?

– Hé, c'est elle qui est malade, pas moi. Et puis tu as un vélo ? L'hôpital, ce n'est pas la porte à côté. Attends ici. C'est mieux. Je reviens.

Je profitai de son absence pour explorer le salon. Afin de tromper mon anxiété, j'étudiai le contenu des rayons. S'il y avait des classiques de la littérature mondiale, s'y trouvaient aussi les collections complètes d'auteurs qui avaient connu leur saison de gloire, auxquels personne à présent n'accordait la moindre vénération. Du coup, je me mis à méditer sur les succès éphémères, le caractère transitoire de toute célébrité. Ces perspectives me crucifiaient. Si j'avais aujourd'hui des lecteurs, en aurais-je demain ? Dans leur sottise, les écrivains présument qu'ils échappent à la condition mortelle en laissant quelque chose derrière eux ; mais ce quelque chose dure-t-il ? Si je sais m'adresser à un lecteur du XXIe siècle, que sais-je du lecteur de XXIIIe ? Et cette question elle-même n'est-elle pas arrogante ? Devrais-je la proscrire ? Ne faudrait-il pas me débarrasser de cette prétention ? Accepter de vivre au présent, rien qu'au présent, me réjouir de ce qui est sans espérer ce qui sera ?

Inconscient que ces réflexions, par analogie, amplifiaient mon inquiétude touchant la santé d'Emma, je sombrai dans une sorte de prostration qui abolit le temps.

Je sursautai quand Gerda s'écria avec force, en claquant derrière elle la porte d'entrée :

– Pas trop grave. Elle s'est réveillée. Elle va se remettre. Ce n'est pas pour cette fois !

– Ah, bien ! Fausse alerte, donc ?

– Oui, les médecins la gardent quelque temps en observation puis ils me la rendent.

Je contemplais la rustique Gerda, ses épaules aussi larges que son bassin, sa figure éclaboussée de taches rousses, ses bras courts.

– Vous êtes très attachée à votre tante ?

Elle haussa les épaules et dit, comme une évidence :

– La pauvre, elle n'a que moi !

Sur ce, tournant les talons, elle partit ferrailler avec ses casseroles.

Les jours suivants me furent assez désagréables. Gerda me distillait au compte-gouttes les nouvelles de sa tante qui ne rentrait pas. Puis, comme si Emma Van A. ne protégeait plus la ville de son faible corps, Ostende fut prise d'assaut par les touristes.

Les fêtes de Pâques – je l'ignorais – marquent toujours le début de la saison dans les stations du Nord et, dès le vendredi saint, rues, magasins, plages dégorgèrent des visiteurs parlant toutes sortes de langues, l'anglais, l'allemand, l'italien, l'espagnol, le turc, le français – le néerlandais demeurant dominant. Couples et familles arrivaient en hordes, je n'avais jamais vu autant de poussettes à la fois, à croire qu'il y avait un élevage ; des milliers de corps jonchaient la plage bien que le thermomètre n'affichât que dix-sept degrés et que le vent continuât à nous rafraîchir. Les hommes, plus hardis que les femmes, offraient leurs torses au soleil blême ; pour eux, il s'agissait, en se déshabillant, de montrer leur bravoure davantage que leur beauté ; ils participaient à une compétition de mâles qui ne concernait pas les femelles ; prudents cependant, ils gardaient des pantalons longs ou mi-longs, leur courage se limitant au buste. Moi qui avais traversé mes étés au bord de la Méditerranée, je m'étonnais de ne voir que deux couleurs de chair, blanc ou rouge, le brun semblait rare. Dans cette population nordique, personne n'était bronzé : il n'y avait que pâleur ou coup de soleil. Entre le livide et l'écarlate, seuls de jeunes Turcs arboraient, non sans gêne, une carnation caramel. Du coup, ils restaient ensemble.

Peinant à circuler au milieu des gens, des chiens interdits de plage qui tiraient néanmoins sur leur laisse pour rejoindre le sable, des vélos de location qui n'avançaient pas, des voitures à pédales qui avançaient encore moins, je subis ce chaos comme une invasion. De quel droit, certes, utilisais-je un tel mot ? Comment m'autorisais-je à considérer les autres comme des barbares alors que je ne les précédais que de quelques jours ? Habiter chez Emma Van A. suffisait-il à me transformer en indigène ? Peu m'importait. J'avais l'impression qu'avec ma logeuse, on m'avait aussi enlevé mon Ostende.

Aussi fus-je vraiment heureux d'entendre l'ambulance la ramener à la Villa Circé.

Les infirmiers la déposèrent, sur son fauteuil roulant, dans le hall, et, tandis que Gerda conversait avec sa tante, j'avais l'impression que la vieille dame se morfondait, me jetant de temps en temps un œil qui m'encourageait à rester.

Quand Gerda s'enfonça dans la cuisine pour préparer le thé, Emma Van A. se tourna vers moi. Quelque chose avait changé en elle. Elle semblait déterminée. Je m'approchai.

– Comment s'est passé votre séjour à la clinique ?

– Rien à signaler. Si, le plus dur, c'était d'écouter Gerda agiter ses aiguilles à mon chevet. Pathétique, non ? Quand elle a un moment de libre, au lieu de prendre un livre, Gerda brode, triture un crochet, tourmente la laine, ce genre de choses. Je déteste ça, les femmes d'ouvrages. Les hommes aussi les abominent. D'ailleurs, tenez, au nord de l'Irlande, les paysannes des îles d'Aran ! Leurs maris ne leur reviennent – s'ils reviennent – qu'avec les épaves, vomis par les eaux, mangés par le sel, elles ne les reconnaissent qu'aux points de leur pull ! Voilà ce qui arrive aux tricoteuses : elles n'attirent plus que les cadavres ! Je dois vous parler.

– Naturellement, madame. Préférez-vous que je réside ailleurs pendant votre convalescence ?

– Non. Au contraire. Je tiens à ce que vous restiez car je voudrais m'entretenir avec vous.

– Avec plaisir.

– Acceptez-vous de partager mon repas ? La cuisine de Gerda n'est pas meilleure que son café mais je vais lui demander un des deux plats qu'elle ne rate pas.

– Avec joie. Je suis content de vous voir guérie.

– Oh, je ne suis pas guérie. Ce fichu cœur finira par lâcher. C'est pour cela que je veux vous parler.

J'attendis le dîner avec impatience. Ma rêveuse m'avait manqué plus que je ne me l'étais avoué et je sentais qu'elle était en veine de confidence.

À vingt heures, dès que Gerda eut enfourché son vélo pour retourner chez elle, à peine entamions-nous les hors-d'œuvre qu'Emma se pencha vers moi.

– Avez-vous déjà brûlé des lettres ?

– Oui.

– Qu'avez-vous ressenti ?

– J'étais furieux d'y être contraint.

Les yeux miroitants, elle s'estima encouragée par ma réponse.

– Exactement. Un jour, moi aussi, il y a trente ans, j'ai été obligée de jeter à la cheminée les mots et les photographies se rapportant à l'homme que j'aimais. Dans le feu, c'étaient les traces tangibles de mon destin que je voyais disparaître ; même si je pleurais en faisant ce sacrifice, je ne me sentais pas touchée intimement : il me restait mes souvenirs, pour toujours ; je me disais que personne, jamais, ne pourrait brûler mes souvenirs.

Elle me regarda avec tristesse.

– Je me trompais. Jeudi, avec cette troisième attaque, j'ai découvert que la maladie était en train de me brûler mes souvenirs. Et que la mort parachèverait le travail. Voici : à l'hôpital, j'ai décidé que j'allais vous parler. Qu'à vous, je raconterais tout.

– Pourquoi moi ?

– Vous écrivez.

– Vous ne m'avez pas lu.

– Non, mais vous écrivez.

– Souhaitez-vous que j'écrive ce que vous allez me confier ?

– Surtout pas.

– Alors ?

– Vous écrivez… ça signifie que vous avez la curiosité des autres. J'ai juste besoin d'un peu de curiosité.

Je souris, lui effleurai la main.

– En ce cas, je suis votre homme.

Elle sourit à son tour, gênée par ma familiarité. Après des toussotements, elle lissa le bord de son assiette avec l'ongle et, les paupières baissées, commença son récit.

« Un matin, il y a plus de cinquante ans, je me suis réveillée avec la conviction qu'il allait m'arriver quelque chose d'important. Était-ce une prémonition ou un souvenir ? Recevais-je un message de l'avenir ou suivais-je un rêve que j'avais en partie oublié ? En tout cas, un murmure du destin avait profité de mon sommeil pour déposer cette certitude en moi : un événement allait se produire.

Vous savez comment l'on devient stupide après des lueurs comme celles-ci : voulant deviner ce qui va avoir lieu, on le déforme avec ses attentes. Au petit déjeuner, j'échafaudai donc plusieurs intrigues : mon père allait revenir d'Afrique où il séjournait ; le facteur allait m'apporter une lettre de l'éditeur qui publierait mes poèmes de jeune fille ; j'allais revoir mon meilleur ami d'enfance.

La journée torpilla mes illusions. Le facteur m'ignora. Personne ne sonna à la porte. Et le bateau en provenance du Congo ne contenait pas mon père dans sa cargaison.

Bref, j'en étais venue à me moquer de mon enthousiasme du matin, à me traiter de folle. Au milieu de l'après-midi, presque résignée, j'allai me promener le long du rivage avec Bobby, mon épagneul de l'époque ; là encore, malgré tout, je m'attachai à étudier la mer pour vérifier qu'aucun prodige ne s'accomplissait… À cause du vent, il n'y avait guère de trafic au large, personne sur la plage.

Je progressais lentement, résolue à noyer ma déception dans la fatigue. Mon chien, comprenant que la balade durerait, dégota un vieux jouet pour s'amuser avec moi.

Tandis qu'il avait bondi vers une dune où j'avais lancé le projectile, il recula soudain, comme s'il avait été piqué, et se mit à aboyer.

Je tentai en vain de le calmer, contrôlai sous ses coussinets qu'aucune bête ne l'avait mordu puis, me moquant ouvertement de lui, j'allai moi-même ramasser la balle.

Un homme surgit des broussailles.

Il était nu.

Voyant mon étonnement, il arracha d'une main forte une brassée d'herbes qu'il plaça devant son sexe.

– Mademoiselle, je vous en supplie, n'ayez pas peur de moi.

Loin d'avoir peur, je pensais à tout autre chose. La vérité était que je le trouvais si fort, si viril, si violemment désirable que j'en avais le souffle coupé.

Il tendit une main suppliante dans ma direction, comme pour me rassurer sur ses intentions.

– Pourriez-vous m'aider, s'il vous plaît ?

Je remarquai que son bras tremblait.

– Je... j'ai perdu mes vêtements...

Non, il ne tremblait pas, il frissonnait.

– Vous avez froid ? demandai-je.

– Un peu.

La litote prouvait qu'il était bien élevé. Je cherchai vite une solution.

– Voulez-vous que j'aille vous procurer des vêtements ?

– Oh, s'il vous plaît, oui...

Cependant je calculais le temps que ça me prendrait.

– Le problème, c'est que j'ai besoin de deux heures, une pour l'aller, une pour le retour ; d'ici là, vous serez frigorifié. D'autant que le vent augmente et que la nuit va tomber.

Sans plus tarder, je dénouai la cape que je portais en guise de manteau.

– Écoutez, mettez cela et suivez-moi. C'est la meilleure solution.

– Mais... mais... vous allez vous refroidir.

– Allons, il me reste un chemisier et un pull, tandis

que vous n'avez rien. De toute façon, il est hors de question que je traverse la plage avec un homme nu à mes côtés. Soit vous prenez ma cape, soit vous restez là.

– Je patiente.

– Quelle confiance, dis-je en riant car le comique de la situation m'apparaissait soudain. Si, une fois chez moi, je n'en repartais pas ?

– Vous ne feriez pas ça !

– Qu'en savez-vous ? Personne ne vous a expliqué comment je traite d'ordinaire les hommes nus que je trouve dans les broussailles.

Il s'esclaffa à son tour.

– D'accord. Je veux bien votre cape, merci.

Je m'approchai et, pour lui éviter de découvrir son sexe en relevant les mains, je drapai le tissu autour de ses épaules.

Soulagé, il s'y enroula, quoique la pièce de laine fût insuffisante à couvrir son grand corps.

– Je m'appelle Guillaume, s'exclama-t-il, comme s'il estimait venu le temps des présentations.

– Emma, répondis-je. Ne parlons pas davantage et rentrons le plus vite possible chez moi avant que le climat nous ait transformés en icebergs. Entendu ?

Nous avons avancé contre le vent.

Une fois qu'on a attribué une destination à la marche, rien de plus désagréable que ce moyen de locomotion. Alors qu'une flânerie sans but se révèle un plaisir, tout déplacement paraît interminable.

Heureusement, notre étrange couple ne croisa personne. Comme nous nous taisions, j'étais chaque minute plus intimidée, j'osais à peine lorgner mon compagnon, je redoutais que le vent ne soulevât l'étoffe et que mon regard passât pour grivois. Du coup, je cheminais avec effort, les omoplates crispées, la nuque raide.

Une fois que nous parvînmes chez moi, à l'abri de la Villa Circé, je l'emmitouflai dans les plaids du salon, je me ruai à la cuisine, je chauffai de l'eau. Je m'improvisai bonne ménagère, moi, l'inapte, la maladroite. Pendant que je disposais des biscuits sur une assiette, l'idée me frôla que je venais d'introduire un inconnu dans mon foyer le jour où justement je n'avais pas de personnel, mais je m'en voulus de cette méfiance mesquine et je retournai, preste, avec mon plateau de thé fumant vers la bibliothèque.

Il m'attendait, souriant, grelottant, lové sur le canapé.

– Merci.

Je redécouvris son visage net, ses yeux clairs, ses cheveux bouclés, longs, dorés, ses lèvres pleines, son cou moelleux aux attaches puissantes. Un de ses pieds dépassant du plaid, je remarquai que sa jambe était lisse, fuselée, dépourvue de poils, comme un marbre antique. Mon salon hébergeait une statue grecque, l'Antinoüs idolâtré par l'empereur Hadrien, ce splendide jeune homme qui, par mélancolie, s'était jeté autrefois dans les eaux bleues de la Méditerranée et venait de ressortir, intact, ce matin, des flots verts de la mer du Nord. J'en frissonnai.

Il s'aveugla sur ma réaction.

– Vous êtes gelée à cause de moi ! Je suis désolé.

– Non, non, je me remets rapidement. Tenez, je vais allumer une flambée.

– Voulez-vous que je vous aide ?

– Bas les pattes ! Tant que vous n'aurez pas trouvé le

moyen de porter ces plaids noués sans risque d'impudeur, je vous conseille de rester immobile sur mon canapé.

Moi qui étais mauvaise dans l'amorçage du feu, je fis des étincelles ; rapidement, de violentes flammes léchèrent les bûches pendant que je nous servais le thé.

— Je vous dois quelques clarifications, dit-il en savourant la première gorgée.

— Vous ne me devez rien et je répugne aux clarifications.

— Que s'est-il passé selon vous ?

— Je ne sais pas. Improvisation : vous êtes né ce matin, vous êtes sorti des eaux.

— Ou bien ?

— Vous étiez transporté dans une cargaison d'esclaves qui voguait vers les Amériques ; or le bateau fut attaqué par des pirates, il a coulé en rade d'Ostende mais vous, de manière miraculeuse, êtes parvenu à vous extraire de vos fers pour nager jusqu'au rivage.

— Pourquoi étais-je réduit en esclavage ?

— Un affreux malentendu. Une erreur judiciaire.

— Ah, je vois que vous êtes de mon côté.

— Absolument.

Égayé, il désigna les milliers de livres autour de nous.

— Vous lisez ?

— Oui, j'ai appris l'alphabet il y a quelques années et j'en fais bon usage.

— Ce n'est pas l'alphabet qui vous donne cette imagination…

— On me l'a tellement reprochée, mon imagination. Comme si c'était un défaut. Qu'en pensez-vous ?

– Chez vous, j'adore, susurra-t-il avec un sourire qui me troubla.

Du coup, je demeurai muette. L'inspiration me quittait, laissant place à l'inquiétude. Que fabriquais-je, seule dans ma maison, avec un inconnu rencontré nu entre des buissons ? J'aurais dû logiquement avoir peur. D'ailleurs, j'avais, au fond de moi, le sentiment d'affronter un danger.

Je tentai de rationaliser un peu.

– Depuis combien de temps guettiez-vous quelqu'un, caché dans les dunes ?

– Des heures. J'avais déjà alpagué deux promeneuses avant vous. Elles ont fui sans que j'aie pu leur exposer quoi que ce soit. Je les ai effrayées.

– Votre tenue, peut-être ?

– Oui, ma tenue. Pourtant, c'est ce que j'avais trouvé de plus simple.

Nous avons ri sincèrement.

– Tout est arrivé par ma faute, reprit-il. Je loge quelques semaines non loin d'ici avec ma famille et ce matin j'ai éprouvé le besoin de me baigner. J'ai garé ma voiture derrière les dunes, à un endroit identifiable, puis, comme il n'y avait personne, mais vraiment personne, j'ai posé mes vêtements sous un caillou et j'ai nagé longtemps. Lorsque j'ai remis pied à terre, je n'ai dégoté ni le caillou, ni les vêtements, ni la voiture.

– Envolés ? Volés ?

– Je ne suis pas sûr d'avoir abordé au même endroit après ma nage car je ne reconnaissais que grossièrement les choses. Quoi ressemble plus à du sable que du sable ?

– Et à un rocher qu'un rocher ?

– Voilà ! C'est pour cela, d'ailleurs, que je ne vous

ai pas proposé de rechercher mon automobile derrière les dunes car j'ignore où elle est.

– Étourdi ?

– C'était tellement irrésistible, ce désir de voguer nu dans la mer. L'appel du large.

– Je vous comprends.

Et c'était vrai : je le comprenais. Je devinais qu'il devait être un solitaire, comme moi, pour éprouver ces intenses exaltations au sein de la nature. Néanmoins, un doute me traversa.

– Aviez-vous l'intention de revenir ?

– En partant, oui. En flottant, non. Je souhaitais que ça n'ait pas de terme.

Il me regarda attentivement et ajouta avec lenteur :

– Je ne suis pas suicidaire si c'était le sens de votre question.

– C'était.

– Je flirte avec le danger, je vibre quand je me mets en péril, un jour sans doute je commettrai quelque chose de définitivement imprudent, mais je ne ressens aucune envie de mourir.

– Plutôt l'envie de vivre ?

– C'est ça.

– Et de fuir…

Touché par ma remarque, il remonta le plaid sur lui, comme pour se protéger de ma perspicacité qui le gênait.

– Qui êtes-vous ? me demanda-t-il.

– À votre avis ?

– Ma sauveuse, murmura-t-il avec un sourire.

– Mais encore ? Voyons si vous avez, vous aussi, de l'imagination.

– Oh, je crains de ne posséder que l'alphabet, pas l'imagination.

– Quelle importance, ce que nous sommes ? Vous êtes juste une somptueuse statue animée que j'ai ramassée sur la plage, que je dégivre, que je vais habiller pour la restituer bientôt à sa femme.

Il fronça les sourcils.

– Pourquoi me parlez-vous de ma femme ? Je ne suis pas marié.

– Excusez-moi, tout à l'heure vous avez mentionné…

– Ma famille. Je séjourne ici avec ma famille. Parents, oncles, cousins.

Quelle sotte ! Je ne lui avais lancé qu'il était magnifique que parce que je le croyais marié et voilà que je bouillais de confusion, comme si c'était moi, désormais, l'impudique qui me trouvais nue devant lui. Il me dévisagea en penchant la tête sur le côté.

– Et vous… votre mari n'est pas ici ?

– Non. Pas présentement.

Il espérait une réponse plus développée. Pour réfléchir, je bondis m'occuper du feu… J'étais troublée de découvrir à quel point cet homme me plaisait. Je n'avais pas hâte qu'il disparaisse ; en même temps, je ne pouvais me résoudre à lui avouer que j'habitais seule cette demeure. S'il en profitait… En profiter pour quoi, d'ailleurs ? Me séduire, je n'étais pas contre. Me voler ? Vu sa tenue, il était plutôt le volé que le voleur. Me brutaliser ? Il n'était pas violent, non, improbable.

Me retournant, je le sommai de façon abrupte :

– Êtes-vous dangereux ?

– Ça dépend pour qui… Pour les poissons, les lièvres, les faisans, oui, car je pratique la pêche et la chasse. En dehors de ça…

– Je déteste les chasseurs.

– Alors vous me détesterez.

Il me défiait avec un sourire. Je me rassis en face de lui.

– Je vous ferai changer d'avis…

– Nous nous connaissons depuis quelques minutes et vous voulez déjà me changer ?

– Nous ne nous connaissons pas du tout.

Il rajusta les plaids sur ses épaules et reprit d'une voix basse :

– Pour répondre à votre question, vous n'avez rien à craindre de moi. Je vous suis fort reconnaissant de m'avoir tiré d'embarras, de ne pas avoir hésité à m'ouvrir votre porte. Mais j'abuse de votre temps… Serait-il possible de passer un coup de fil afin qu'on vienne me chercher ?

– Bien sûr. Désirez-vous prendre un bain auparavant ? Histoire de vous réchauffer…

– Je n'osais vous le réclamer.

Nous nous levâmes.

– Aussi, si vous aviez des vêtements…

– Des vêtements ?

– Oui, une chemise, un pantalon, que je vous renverrai lavés et repassés, naturellement, je m'y engage.

– C'est que… je n'ai pas de vêtements d'homme, ici.

– Ceux de votre mari ?

– C'est que… je n'ai pas de mari.

Un silence s'installa entre nous. Il sourit. Moi aussi. Je me laissai tomber dans mon fauteuil comme un pantin désarticulé.

– Je regrette de ne pas avoir un mari pour vous dépanner mais jusqu'ici, je n'avais jamais réalisé qu'un mari puisse m'être utile.

Il rit et se rassit sur le canapé.

– C'est pourtant très utile, un mari.

– Oh, je sens que je ne vais pas raffoler de ce que vous allez me dire ! Enfin, allez-y quand même… À quoi donc un mari me servirait ? Allez, dites…

– À vous tenir compagnie.

– J'ai mes livres.

– À vous emmener à la plage.

– J'y vais avec Bobby, mon épagneul.

– À vous tenir la porte en s'effaçant lorsque vous entrez quelque part.

– Je n'ai aucun problème avec les portes et je n'apprécierais pas un mari qui s'efface. Non, ce n'est pas suffisant, à quoi d'autre me servirait-il ?

– Il vous serrerait dans ses bras, caresserait votre cou, vous embrasserait.

– Oui, ça, c'est mieux. Et puis ?

– Et puis, il vous emmènerait dans un lit où il vous rendrait heureuse.

– Ah oui ?

– Il vous aimerait.

– Y arriverait-il ?

– Ce ne doit pas être difficile de vous aimer.

– Pourquoi ?

– Parce que vous êtes aimable.

De façon aussi irrésistible qu'inconsciente, nous nous étions rapprochés l'un de l'autre.

– Ai-je besoin d'épouser un homme pour obtenir ça ? Un galant ne tiendrait-il pas aussi bien le rôle ?

– Oui…, affirma-t-il sur un souffle.

Soudain son visage se crispa. Il se rejeta en arrière, se couvrit de tissu, se releva, parcourut avec inquiétude les murs autour de lui puis changea complètement de voix et de diction.

– Je suis désolé, mademoiselle, je me comporte mal avec vous. Vous avez tellement de charme que j'oublie la situation qui vous contraint à m'écouter et que je prends des libertés inadmissibles. Pardonnez-moi, oubliez mon attitude. Pouvez-vous simplement me conduire à votre salle de bains ?

Une autorité nouvelle emplissait sa voix ; sans balancer, je lui obéis sur-le-champ.

Une fois qu'il fut entré dans la baignoire, je lui promis que des vêtements l'attendraient sur le tabouret derrière la porte et fonçai dans ma chambre.

Tout en ouvrant à la volée les tiroirs, les armoires, je remâchais la scène. Que m'était-il arrivé ? Je m'étais comportée en aventurière, je l'avais flatté, provoqué, échauffé, oui, je l'avais obligé à me courtiser… Un goût de plaire s'était insinué en moi, débordant mes paroles, fluidifiant mes gestes, alourdissant mes regards, bref me poussant à transformer nos échanges en flirt. Malgré moi, j'avais instauré une tension érotique entre nous. Lui ayant donné l'image d'une femme facile, je l'aurais conduit à se montrer trop entreprenant s'il n'avait réagi in extremis en se cramponnant à son éducation.

Mes placards me désespéraient. Non seulement je ne trouvais rien qui convînt à un homme, mais rien qui fût à sa taille. Soudain, j'eus l'inspiration de monter à l'étage de la bonne, Margit, qui était haute, large, replète, et de profiter de son absence pour lui emprunter quelque chose.

En nage, je dérobai la tenue la plus ample dans sa

malle, après quoi je redescendis à toute hâte clamer derrière le battant :

– Je suis honteuse, c'est une catastrophe. Je ne vous propose qu'une robe de chambre empruntée à ma bonne.

– Ça ira.

– Vous pensez cela parce que vous ne l'avez pas vue. Je vous attends en bas.

Lorsqu'il dévala l'escalier attifé de cette vaste robe en coton blanc – col et manches ornés de dentelles, s'il vous plaît –, nous avons éclaté de rire. Lui raillait son ridicule, moi je gloussais de gêne parce que ce vêtement féminin, par contraste, le rendait encore plus viril, plus puissant. La taille de ses pieds et de ses mains me troublait.

– Puis-je passer un coup de fil ?

– Oui. Le téléphone est là.

– Que dois-je dire au chauffeur ?

Étonnée qu'il fît appel à un chauffeur plutôt qu'à un membre de sa famille, je n'eus pas le temps de comprendre la question, je répondis à côté :

– Dites-lui qu'il est le bienvenu et qu'il y a aussi du thé pour lui.

Guillaume dut s'asseoir sur les marches tant ma réponse le secouait d'hilarité. J'étais enchantée d'avoir cet effet sur lui quoique j'ignorasse pourquoi. Quand il se remit, il précisa :

– Non, ma question signifiait : quelle adresse dois-je donner au chauffeur pour qu'il me retrouve ?

– Villa Circé, 2, rue des Rhododendrons, Ostende.

Afin de me rattraper et de prouver que j'étais éduquée, je l'abandonnai au téléphone, rejoignant la cuisine où je maniai bruyamment les accessoires, histoire de le convaincre que je n'espionnais pas son entretien ; j'ajoutai même un vague fredonnement en frappant bouilloire, cuillères, tasses.

– On croirait les percussions d'un orchestre symphonique lorsque vous préparez le thé.

Sursautant, je le découvris sur le pas de la porte à m'observer.

– Vous avez eu votre famille ? Ils sont rassurés ?

– Ils ne s'étaient pas inquiétés.

Nous retournâmes au salon avec la théière et d'autres biscuits.

– Écrivez-vous, Emma ?

– Pourquoi cette question ? Tout le monde me la pose !

– Vous lisez tellement.

– J'ai commis quelques épouvantables poèmes mais je vais m'arrêter là. Lire et écrire, ça n'a aucun rapport. Est-ce que je vous demande, moi, si vous allez vous transformer en femme sous prétexte que vous aimez les femmes ? Eh bien, votre question est aussi absurde.

– C'est juste, mais comment savez-vous que j'aime les femmes ?

Je me tus. Piégée ! Derechef, malgré moi, j'avais laissé l'érotisme envahir mes propos. Quand cet homme se tenait à moins de trois mètres de moi, je ne pouvais m'empêcher de l'aguicher.

– Je m'en doute, chuchotai-je en baissant les paupières.

– Parce que ce n'est pas vraiment la réputation que j'ai, ajouta-t-il d'une voix basse. Mes frères ou mes cousins sont plus juponniers que moi. Ils me reprochent d'être sage, trop sage.

– Ah oui ? Pourquoi êtes-vous si sage ?

– Sans doute parce que je me réserve pour une femme. La bonne. La vraie.

Sottement, je pensai d'abord que cette phrase m'était adressée. Quand je m'en rendis compte, je réagis et tentai de rebondir sur une autre idée.

– Vous n'allez pas me soutenir qu'à votre âge, vous n'avez pas… toujours pas…

Je ne terminai pas ma phrase tant je me consternais moi-même ! Voilà que je cuisinais un homme insupportablement beau que j'avais habillé en femme pour savoir s'il était puceau !

Sa bouche s'écarta, entre la stupéfaction et l'amusement.

– Non, je vous apaise… Je l'ai fait. Et je me régale de le faire. Sachez qu'il y avait dans mon entourage de nombreuses femmes plus mûres que moi et cependant superbes qui se réjouirent de m'initier assez jeune.

– Vous me voyez rassérénée, soupirai-je comme s'il me parlait de ses succès de golf.

– Je préfère pourtant une bonne marche dans la nature, une longue chevauchée, une nage de plusieurs heures comme ce matin. J'ai hiérarchisé mes plaisirs.

– Je suis pareille, mentis-je.

Je profitai d'une bûche qui menaçait de s'éteindre pour fondre sur la cheminée.

– Pourquoi me dites-vous cela ? grommelai-je, rogue.

– Pardon ?

– Pourquoi me parlez-vous de choses aussi intimes alors que nous ne nous connaissons pas ?

Il se détourna, prit le temps de réfléchir puis posa des yeux graves sur moi.

– Ça me paraît évident…

– Pas à moi.

– Nous nous plaisons, non ?

Ce fut mon tour de détourner la tête, de prétendre réfléchir avant d'appuyer mon regard sur lui.

– Oui, vous avez raison : c'est évident.

Je crois qu'à cet instant – et ce pour toutes les années qu'il nous restait – l'air changea définitivement autour de nous.

La sonnette déchira cette harmonie de son timbre aigre. Il grimaça :

– Mon chauffeur…

– Déjà ?

Comme la vie nous réserve des surprises : à midi, je ne connaissais pas cet homme, au crépuscule m'en séparer devenait intolérable.

– Non, Guillaume, vous ne pouvez pas partir comme ça.

– En robe ?

– En robe ou en n'importe quoi, vous ne pouvez pas partir.

– Je reviendrai.

– Promis ?

– Juré.

Il m'embrassa la main pendant une minute aussi riche que les vingt-trois années écoulées.

Alors qu'il passait le seuil, j'ajoutai :

– Je compte sur vous pour me retrouver parce que moi, je ne sais même pas qui vous êtes.

Il plissa les paupières.

– C'est ça qui est merveilleux : vous ne m'avez pas reconnu.

Puis il referma la porte.

Je ne voulus pas assister à son départ ; je restai prostrée au fond du hall sombre.

Sous le choc, je n'accordai pas d'importance à sa dernière phrase ; la nuit en revanche, à force de revisiter chaque moment de notre rencontre, je ressassai ces mots : "Vous ne m'avez pas reconnu." L'avais-je déjà croisé ? Non, un homme doté d'un physique pareil, je m'en serais souvenue. Nous étions-nous côtoyés pendant l'enfance ? Je n'aurais pas identifié le gamin dans l'adulte. Oui, ce devait être ça, nous nous fréquentions naguère puis nous avions grandi, il m'avait reconnue, moi pas, c'était l'explication de sa phrase.

Qui était-il ?

Je furetais dans mes souvenirs et ne dénichais aucune piste de Guillaume… J'avais d'autant plus hâte qu'il revînt.

Le lendemain, il précéda sa venue d'un coup de fil demandant la permission de prendre le thé.

Quand il apparut, il m'impressionna tant par l'élégance de son blazer, la finesse de sa chemise, le chic de ses chaussures, ces multiples détails qui avaient transformé le sauvage en homme du monde, que j'eus l'impression de me confronter à un étranger.

Il nota ma gêne.

– Allons, ne me dites pas que vous regrettez que je porte mes propres vêtements. Sinon, je remets la robe de votre bonne que je vous ai apportée.

Il me présenta un linge empaqueté avec du papier de soie.

– Inutile de me menacer, répondis-je, je vais essayer de m'habituer à vous comme ça.

Je le conduisis au salon où le thé et les gâteaux

étaient préparés. Il sembla retrouver ce décor avec plaisir.

— Je n'ai pas cessé de penser à vous, avoua-t-il en
s'asseyant.

— Ne me volez pas mon texte : c'était aussi la première phrase que je voulais vous adresser.

Il mit un doigt devant sa bouche et répéta d'une
voix plus douce :

— Je n'ai pas cessé de penser à vous…

— Mon amour, m'exclamai-je en me mettant à san-
gloter.

Je ne comprenais rien à mes réactions dès que
cet homme se tenait auprès de moi. Pourquoi tombais-je
en larmes ? Pour me réfugier dans ses bras – ce qui arriva
la seconde suivante ? Sans doute… Visiblement, une
autre femme, bien plus féminine et maligne que moi, qui
avait sommeillé à l'intérieur de mon corps, se réveillait
lorsqu'il approchait, se débrouillait avec habileté ; je la
laissai continuer.

Après m'avoir consolée, il me força à me détacher
de lui, nous répartit chacun sur un fauteuil séparé
et m'enjoignit de servir le thé. Il agit avec raison.
Trop d'émotion tue. Ce retour à des activités quoti-
diennes me permit de regagner mon sang-froid, ma
verve.

— Guillaume, hier vous m'avez reconnue mais moi
je ne vous ai pas reconnu.

Il eut une grimace interrogative et plissa le front.

— Pardon ? Moi, je vous aurais reconnue ?

— Oui, nous jouions ensemble quand nous étions
très jeunes, non ?

— Ah bon ?

— Vous ne vous en souvenez pas ?

– Non, pas du tout.

– Alors pourquoi m'avoir reproché de ne pas vous reconnaître ?

Il manifesta une gaieté soudaine.

– Vraiment, je vous adore.

– Quoi ? Qu'ai-je dit ?

– Vous êtes la seule femme capable de s'amouracher d'un homme sorti des eaux. Si je m'amuse que vous ne m'ayez pas reconnu, c'est parce que je suis connu.

– De moi ?

– Non. De beaucoup de gens. Les journaux parlent de moi, ils publient des photos.

– Pourquoi ? Que faites-vous pour ça ?

– Ce que je fais ?

– Vous jouez, vous écrivez, vous remportez des compétitions ? Voiture ? Tennis ? Voile ? C'est le talent qui apporte la notoriété. Que faites-vous ?

– Je ne fais rien. Je suis.

– Vous êtes ?

– Je suis.

– Vous êtes quoi ?

– Prince.

Je m'attendais si peu à cette réponse que je demeurai muette un bon moment.

Il finit par s'inquiéter.

– Cela choque vos convictions ?

– Moi ?

– Vous avez le droit d'estimer que la monarchie est un système saugrenu, suranné.

– Oh non, non, non, ce n'est pas ça. C'est que… j'ai l'impression d'être une gamine… Vous savez, la petite fille entichée du prince. C'est grotesque ! Je me trouve ridicule. Ridicule de ne pas vous connaître. Ridicule d'avoir des sentiments pour vous. Ridicule !

– Vous ne l'êtes pas.

– Si encore j'étais bergère, dis-je en me mettant à bouffonner, ça ressemblerait à quelque chose ! Le prince et la bergère, non ? Seulement, désolée, je n'ai pas de moutons, je n'ai jamais gardé de moutons, je crains même d'avoir horreur des moutons, déjà que je n'en supporte pas l'odeur. Je suis un cas désespéré.

Décidément, je le divertissais. Il m'attrapa les mains pour calmer ma fébrilité.

– Ne changez pas. Si vous mesuriez comme elle me ravit, votre ignorance… Je suis tellement accoutumé à ce que les jeunes filles se pâment devant moi.

– Méfiez-vous, je suis très apte à me pâmer devant vous ! J'en ai fort envie, d'ailleurs.

La conversation reprit un cours agréable. Il voulait tout apprendre sur moi, moi tout sur lui, cependant nous sentions bien que le but de notre rencontre n'était pas de nous raconter nos passés mais de nous inventer un présent.

Il venait me voir chaque après-midi.

Je dois admettre que ce fut grâce à lui, non à moi, que nous n'avons pas aussitôt couché ensemble. Moi – ou plutôt la femme très féminine en moi – je me serais donnée dès la deuxième fois. Il insista cependant pour que cela n'arrivât pas trop vite. Sans doute voulait-il accorder son vrai prix à cet instant-là.

Nous nous fréquentâmes donc pendant plusieurs semaines en échangeant des mots, des baisers. Jusqu'au jour où séparer nos lèvres se révéla insoutenable.

Je compris alors, qu'après m'avoir prouvé son

respect en m'empêchant de me livrer tout de suite, il escomptait désormais que je lui lance un signal.

Ce que j'entrepris en... »

Emma Van A. interrompit son récit. Elle se racla la gorge et réfléchit.

– Rien de plus laid qu'une vieille chair délabrée évoquant la sensualité. Je ne veux pas vous imposer ça. À partir d'un niveau de décrépitude, on ne doit plus aborder certains sujets sous peine de provoquer le dégoût en croyant susciter la concupiscence. Aussi je vais m'y prendre autrement. Pouvons-nous quitter la table ?

Nous allâmes vers le salon au milieu des livres.

Adroitement, elle conduisit son fauteuil devant un secrétaire ancien, activa un mécanisme qui débloqua un tiroir secret dont elle sortit un délicat carnet de cuir mandarine.

– Tenez. Lorsque je me suis décidée à devenir son amante, j'ai consigné ceci.

– Je me sens très indiscret...

– Si, si, prenez. Installez-vous sous cette lampe, lisez-le. C'est la meilleure manière de poursuivre ma confession.

J'ouvris le volume.

Pour mon seigneur et futur maître,

L'ALBUM DE L'AMOUR

par Emma Van A.

Ne trouvant rien de plus dégradant pour l'amour que des étreintes improvisées, banales, brutales, je soumets cette carte à l'homme qui me plaît. Tel un menu, il l'utilisera en me désignant du doigt, soir après soir, ce qu'il souhaite.

1 – Le supplice d'Ulysse et des sirènes.
Ulysse, on s'en souvient, se fit attacher au mât de son navire pour résister au chant enveloppant des sirènes. Mon seigneur sera pareillement attaché à une colonne, le moins vêtu possible, avec un bandeau qui l'empêchera de voir, un autre de parler. La sirène tournera autour de lui, l'effleurant sans le toucher, et lui murmurera à l'oreille tout ce qu'elle désire lui infliger. Si la sirène est douée d'imagination et mon seigneur aussi, les scènes évoquées devraient produire autant d'effet – voire davantage – que si elles étaient accomplies.

2 – Les délices de Prométhée.
Prométhée, puni par Zeus, fut enchaîné à un rocher et subit dès lors les attaques d'un aigle qui venait lui dévorer le foie. Je propose d'enchaîner mon seigneur à quelque chose d'aussi solide qu'un rocher mais de lui dévorer autre chose. Et ce autant de fois qu'il le voudra.

3 – La visite en rêve.
Pour les Grecs anciens, tout rêve était une visite des dieux. Mon seigneur sera le rêveur, dans le lit, étendu nu sur le dos, et je le persuaderai qu'Aphrodite, la déesse des voluptés, le rejoint pendant son sommeil. À condition qu'il n'ouvre pas les yeux, ne tende pas la main, en un mot ne bouge pas, sauf les reins légèrement, je me chargerai de monter sur lui et de réaliser les

mouvements subtils qui nous amèneront à une jouissance réciproque.

Variante : je serai la rêveuse et mon seigneur le visiteur.

4 – La joueuse de flûte.

Mon seigneur sera la flûte, moi la musicienne. Je jouerai en virtuose de son instrument. Bonne interprète, je
tiens à préciser que je m'adonne à la flûte à bec comme à
la flûte traversière. La première se saisit dans la bouche,
la deuxième se caresse sur le côté.

5 – L'ours et la ruche.

Mon seigneur sera un ours courant après le nectar des
fleurs tandis que je figurerai la ruche, inabordable, aussi
malaisée à trouver qu'à atteindre. Puis lorsque l'ours
aura assuré une position qui rend la chose praticable pour
lui comme pour moi, je l'autoriserai à dévorer mon miel
de sa langue inépuisable.

6 – La boule originelle.

Aristophane rapporte que l'homme et la femme, à
l'origine, constituaient un même corps, un corps sphé-
rique puis qu'ils ont été séparés, le mâle d'un côté, la
femelle de l'autre. Nous nous risquerons à reformer la
boule originelle, nous collant l'un contre l'autre, emboî-
tant l'un dans l'autre ce qui s'emboîte. Les points de
jonction sous le ventre occasionneront des soins particu-
liers. Cela s'exécutera en bougeant très peu afin que les
sensations s'affinent, perdurent. Néanmoins la sphère,
comme chaque sphère, a le droit de rouler sur le lit ou sur
les tapis.

7 – *La boule désorientée.*

Il s'agit de reformer la boule en se trompant, car tout le monde n'est pas doué pour la géométrie. Ainsi la tête de mon seigneur investiguera entre mes cuisses tandis que moi je fouillerai entre les siennes. Quoique cela soit promis à l'échec, nous essaierons néanmoins de nous joindre, attrapant dans nos bouches ce que nous trouvons du corps de l'autre.

8 – *Les gardiens de phare.*

Un poète prétendait qu'aimer, c'est regarder ensemble dans la même direction. C'est ce que nous tenterons, tels des guetteurs sur un dangereux récif, moi devant, mon seigneur derrière.

9 – *Le voyage de Tirésias.*

Certains se rappellent cet éminent Grec comme un devin, d'autres comme le seul individu à avoir eu les deux sexes car la légende raconte qu'il fut successivement mâle et femelle. Mon seigneur et moi, nous déciderons de revivre les expériences de Tirésias : de la femme, mon seigneur prendra les attitudes ; de l'homme, je prendrai les attributs.

10 – *La courgette aux melons.*

Vieille recette de la mer Égée qui consiste à présenter la courgette entre deux melons jusqu'à en extraire le jus.

11 – *L'attente au labyrinthe.*

Qu'est-ce qu'un labyrinthe ? Un lieu où l'on se perd, une cloison qui en masque une autre, une issue trompeuse, un centre névralgique mystérieux, jamais atteint. Le jeu consistera à multiplier, comme le prisonnier du *labyrinthe, les approches préliminaires, à se tromper de porte, à frotter la mauvaise paroi, à chatouiller l'endroit d'à côté, bref à gagner lentement le point de jouissance. Il n'est pas interdit d'y arriver, mais le plus tard possible.*

12 – Les jeux Olympiques.

Comme des athlètes antiques, mon seigneur et moi serons nus, couverts d'huile. Deux solutions s'offrent alors à nous : la lutte ou le soin. Dans la lutte, chacun s'efforcera de réduire l'autre à sa merci. Dans le soin, l'un massera l'autre. Les deux activités ne sont pas incompatibles et peuvent se succéder. Aucune prise n'est exclue, aucune caresse non plus.

13 – Les neiges du Parnasse.

Quand le mont Parnasse est poudré de neige, le froid laisse un souvenir cuisant sur la peau ; et pourtant, les dieux s'y unissent. Nous ferons donc, mon seigneur et moi, l'amour comme des dieux, avec la chair rougie non par la neige, mais par les coups.

Je refermai le volume, impressionné. Braquer les yeux vers Emma Van A. m'embarrassait car je ne l'aurais pas imaginée rédigeant cette prose.

– Qu'en pensez-vous ? demanda-t-elle.

La question que je ne voulais pas entendre ! Par chance, je n'eus pas le temps de répondre car elle me reprit le texte des mains en commentant :

– Je ne vous dirai pas ce qu'il choisit. En tout cas, nos étreintes se révélèrent d'emblée stupéfiantes. Dès lors, il fut intoxiqué de moi, et moi de lui.

Je n'avais pas envisagé que cela pût être si agréable de s'occuper avec un homme, il se montrait lascif, sensuel, toujours à l'affût d'un plaisir… Il ne goûtait rien tant qu'arriver vers moi et me désigner, les pupilles brillantes, une ligne de ce carnet. Qui précédait l'autre ? Son envie déclenchait-elle la mienne ou devinait-il mes intentions ? Je ne le saurai jamais. Autrement, nous parlions de littérature…

Elle caressa le cuir du revers de la main.

– Un jour, il m'offrit, lui aussi, un album identique, son menu composé à mon intention. Hélas, celui-là, plus tard, j'ai été obligée de le brûler.

S'attardant dans ce souvenir, elle me donna le loisir de saliver sur ce qu'avait dû écrire Guillaume. Quels nouveaux caprices ? Jusqu'où allait-il après l'audace de sa maîtresse ? Sous ses phrases et ce vouvoiement, ces amants d'un autre temps s'offraient une liberté inouïe, celle d'avouer leurs fantasmes, d'y emmener le partenaire, de ne pas laisser l'acte sexuel s'engluer dans la répétition mécanique mais l'élever à un moment d'invention, de poésie érotiques.

– Après avoir lu ce carnet, reprit Emma, Guillaume fut sidéré de découvrir qu'il était le premier homme à me posséder.

– Pardon ?

– Oui, vous m'avez entendue. Il fallut vraiment qu'il en eût la preuve pour être convaincu qu'avant lui, j'étais vierge.

– J'avoue que ces pages ne ressemblent guère aux maximes d'une vierge inexpérimentée.

– J'étais vierge mais pas inexpérimentée. Autrement, comment aurais-je pu produire ces lignes puis les réaliser ! Non, j'avais pris de l'avance en Afrique.

– En Afrique ?
– C'est ce que j'expliquai à Guillaume.

« J'ai passé mon enfance en Afrique noire, dans une
ample villa à colonnes où les domestiques tentaient de
nous protéger de la canicule par des stores et des venti-
lateurs en ne parvenant qu'à fabriquer de l'ombre
chaude. Je suis née là-bas, au Congo, le fleuron de
l'empire colonial belge. Mon père était venu enseigner
la littérature à la bourgeoisie blanche de Kinshasa,
avait rencontré une jeune fille riche dans les salons de
la bonne société, s'en était épris et avait obtenu, quoiqu'il n'eût pas de fortune, seulement de la culture, de
l'épouser. Ma venue au monde a provoqué le départ de
ma mère qui mourut des suites de l'accouchement ; je
ne connus d'elle qu'une photo sépia posée sur le piano
dont elle avait joué, désormais fermé, impérial et silencieux, une photo qui a pâli trop vite, où, dès mon ado-
lescence, je ne distinguais plus guère qu'un élégant
fantôme crayeux. Mon père fut l'autre fantôme de mon
enfance : soit qu'il m'en voulût d'avoir causé le décès
de sa femme, soit qu'il me méprisât, il ne se montrait ni
présent ni attentif. Riche de la dot de ma mère, il
dépensa l'argent à acheter des milliers de volumes afin
de s'enfermer dans la bibliothèque et de n'en sortir que
pour ses cours.

Naturellement, comme chaque enfant, je trouvais
ma vie quotidienne normale. Si j'enviais de temps en
temps leur mère à mes camarades, je ne m'estimais pas
malheureuse puisque j'étais entourée de nourrices à
la voix fruitée et à la démarche chaloupée, de servantes
joyeuses qui alimentaient de pitié l'affection qu'elles me

portaient. Quant à mon père, sa solitude, son indifférence contribuaient à me le rendre fascinant. Tous les efforts que j'accomplis en ce temps convergeaient vers un unique but : l'approcher, le rejoindre.

Je décidai de chérir les livres autant que lui. Lors de mes lectures inaugurales, je me demandais quel plaisir il éprouvait à se donner des migraines sur ces minuscules lignes noires – il faut dire que j'avais entamé un traité d'histoire romaine en quinze volumes –, puis je tombai, par hasard, sur les romans d'Alexandre Dumas, je m'enthousiasmai pour Athos, Aramis, d'Artagnan et, dès lors, j'évoluai vers la lectrice que j'avais d'abord jouée. Après quelques années, lorsqu'il eut la confirmation que je dévorais des milliers de pages par semaine, il m'indiquait de temps en temps une tranche du doigt en glissant d'une voix lasse : "Tiens, tu devrais essayer celui-là" ; je me jetais alors avec reconnaissance sur le texte comme si mon père m'avait lancé : "Je t'aime."

Lorsque j'eus douze ans, je remarquai que mon père, après s'être assuré de mon coucher, s'éclipsait parfois au crépuscule, un moment où il ne pouvait plus donner de cours. Où allait-il ? D'où revenait-il, une ou deux heures plus tard, apaisé, presque souriant, s'amusant parfois à fredonner un air. Je me mis à rêver qu'il flirtait avec une femme qui se transformerait en ma deuxième maman.

Je n'étais pas loin de la vérité : j'allais découvrir bientôt qu'il m'avait dégoté une armée de mamans ! Un bataillon de femmes dont j'allais devenir l'amie… Mais je vais trop vite, laissez-moi vous expliquer.

Un jour, parce qu'il avait volé une fleur dans le bouquet de la salle à manger pour l'arborer à la boutonnière de son nouveau costume, je le suivis en secret. Quel ahurissement de constater qu'il n'arpentait qu'une centaine de mètres, tournait au coin de notre rue et pénétrait dans la Villa Violette.

J'implorai les bonnes : qui habite là ? Elles s'esclaffèrent, refusèrent de répondre, puis, comme je ne les lâchais pas, finirent par nommer le lieu : il s'agissait d'un bordel.

Par bonheur, Maupassant, un de mes auteurs préférés, m'avait enseigné l'existence de ces établissements où des femmes donnaient du plaisir aux hommes contre de l'argent ; mieux, parce qu'il ne portait pas de jugement moral sur l'activité des prostituées et qu'il les présentait avec tant d'humanité dans *Boule-de-Suif* ou *La Maison Tellier*, Maupassant m'avait insufflé du respect envers elles. D'autant qu'à mes yeux avoir occupé la plume de ce génie ennoblissait ces créatures, voire les sanctifiait.

Dans cet état d'esprit, je me présentai au bordel de Madame Georges. Que pensa cette grosse femme rousse aux dents d'or, boudinée dans des robes sur mesure qui dataient d'avant sa prise de poids, lorsqu'elle vit arriver la gamine que j'étais ? Je ne le saurai jamais. Toujours est-il que, repoussée par son accueil glacial, à l'usure je la convainquis de ma bonne foi : non, je ne cherchais pas du travail chez elle ; non, je ne venais pas par jalousie surveiller mon père ; non, je ne venais pas noter les noms des clients pour renseigner les épouses de Kinshasa.

— Pourquoi resurgis-tu ? Qu'est-ce qui t'attire ? Tu fais de la curiosité malsaine…

— Oui, madame, c'est de la curiosité mais je ne vois

pas en quoi elle est malsaine. Je m'intéresse au plaisir. N'est-ce pas ce que vous donnez ici ?

– Contre argent, c'est ce que je fournis, oui. Cependant il y a d'autres endroits pour t'instruire.

– Ah oui ? Où ? Il n'y a pas de femmes chez moi puisque ma mère est morte ; les nounous me traitent comme une gamine ; personne ne veut discuter avec moi ! J'exige des femmes, des vraies. Comme vous et vos filles.

Par bonheur, Madame Georges raffolait des romans. Depuis qu'elle avait cessé de se donner aux hommes – ou depuis qu'ils avaient cessé de la réclamer –, elle se livrait à des orgies de lecture. En lui prêtant les volumes qu'elle n'avait pas, en les commentant avec elle, je l'amadouai et me transformai, dans une zone confuse de son cerveau, en la fille qu'elle aurait souhaité avoir. Pour ma part, je me prêtais au jeu sans hypocrisie, j'étais fascinée par Madame Georges, ou plutôt l'univers de Madame Georges.

Parce qu'elle tenait un commerce dédié au plaisir des hommes, elle ne les craignait pas.

– N'aie pas peur des hommes, ma petite : ils ont autant besoin de nous que nous d'eux. Pas de raison de s'écraser, jamais. Retiens ça.

Avec le temps, j'eus accès au Salon bleu, la pièce où aucun mâle n'avait le droit de pénétrer. Là, les filles se reposaient entre deux clients, bavardaient ensemble ; de semaine en semaine, elles s'habituèrent à moi, cessèrent de contrôler leurs sujets de conversation et je découvris enfin ce qui advenait entre les hommes et les femmes, sous toutes les coutures avec toutes les variations. J'appris l'amour comme un cuistot découvre la gastronomie, en séjournant dans la cuisine.

Par amitié, l'une d'elles m'autorisa à me servir de la "trappe madame", cette ouverture ménagée dans chaque chambre pour que Madame surveille un client suspect.

Ainsi, de douze à dix-sept ans, je fréquentai assidûment le bordel de Madame Georges qui devint mon second foyer. Car, aussi incroyable que cela paraisse, une telle tendresse s'était tissée entre nous que Madame Georges gardait mes visites secrètes. Nous avions en commun une intense curiosité des autres, curiosité qu'elle avait satisfaite avec la prostitution puis la lecture. Elle insistait d'ailleurs pour que je ne l'imite pas, ni elle ni ses pensionnaires, et prit en charge une partie de mon éducation.

– Toi, tu dois adopter le style pur, l'aspect "fille saine", le genre vierge éternelle mais moderne. Même si tu te maquilles, tu dois donner l'impression que tu n'as rien sur la figure.

Ainsi, copinant tous les jours avec des putains, j'avais l'air on ne peut plus respectable.

Le problème vint d'un de mes cousins, qui me vit entrer puis sortir de la Villa Violette, et me dénonça à mon père.

Celui-ci me convoqua, l'anniversaire de mes dix-sept ans, dans son solennel bureau pour me demander des explications.

Je lui racontai tout, sans rien celer.

– Jure-moi, Emma, que... que... enfin tu comprends... que... tu ne t'es donnée à aucun...

Il était incapable d'achever ses phrases... Je crois qu'il découvrait, lors de cet échange, qu'il était mon père et, pour la première fois, qu'il avait des devoirs.

– Papa, je te jure que non. Et puis tu connais Madame Georges, elle ne plaisante pas ! Quand elle dit qu'une chose est comme ça, elle est comme ça.

– C'est… c'est vrai…, bredouilla-t-il en rougissant, confus que je pratique cette Madame Georges qui organisait cette existence qu'il espérait secrète.

Je continuai en précisant que je n'avais pas honte, ni de passer du temps là-bas, ni d'avoir une maquerelle comme meilleure amie, et qu'il fallait vraiment être âne comme mon cousin pour ne pas saisir.

– Je vois…, concéda-t-il à sa propre surprise.

Non seulement il était étonné de découvrir qui j'étais, mais il était étonné que je lui plaise, finalement. Cette discussion, qui aurait dû être houleuse et ne le fut pas, marqua le début de nos nouveaux rapports, à mon père et à moi, nos années heureuses… Jusqu'à ce que nous quittions le Congo, nous avons vécu ainsi, nous partageant, lui comme moi, entre deux maisons, la nôtre et la Villa Violette. »

– Voilà pourquoi Guillaume trouva en moi une vierge expérimentée, une femme qui ne s'était donnée à personne mais qui n'avait peur ni des hommes, ni de leur corps, ni du sexe. Des problèmes de santé avaient nécessité mon départ en Belgique ; une fois qu'on m'eut soignée, je me reposai dans ce pavillon de famille. Mon père voulut m'y rejoindre, s'y installa six mois en rapatriant sa bibliothèque puis regretta tant le Congo – ou la Villa Violette ? – qu'il y retourna. Guillaume me rencontra ici l'année de mes vingt-trois ans. Au début, notre liaison demeura secrète. Prudence sans doute. Pudeur aussi. Plaisir de la clandestinité.

Ensuite, il sembla que le pli était pris : elle le resta. En dehors de son aide de camp, de secrétaires, de domestiques que les circonstances nous forcèrent à mettre dans la confidence, elle ne fut pas ébruitée. Nous échappâmes aux ragots, aux photographes, nous n'apparûmes jamais ensemble en public. Nous nous cachions ici, hormis quelques escapades à l'étranger, dans des pays où Guillaume était un touriste inconnu.

– Pourquoi ?

J'avais osé l'interrompre.

Emma Van A. hésita, sa mâchoire trembla, comme si elle retenait de force certains mots à l'intérieur. Ses yeux parcoururent la pièce, elle prit le temps de donner sa réponse :

– J'avais choisi un homme, pas un prince. J'avais choisi d'être une maîtresse, pas une épouse, encore moins une dame de cour avec les obligations que cela implique.

– Vous avez refusé le mariage ?

– Il ne me l'a pas proposé.

– Vous auriez attendu qu'il vous le propose ?

– Non, cela aurait prouvé qu'il n'avait rien compris, ni à moi, ni à nous, ni à ses devoirs. Et puis soyons clairs, cher monsieur, un héritier royal, quel que soit son rang dans l'accession au trône, n'épouse pas une femme qui ne peut avoir d'enfants.

Voilà donc l'aveu qui lui coûtait. Je pris un air compatissant. Elle poursuivit, soulagée :

– Nous n'avions pris aucune précaution en amour. Après cinq ans, j'ai capitulé : mon ventre se montrait plus sec que le désert de Gobi. Je ne saurai jamais, d'ailleurs, si c'était pour une raison physiologique ou si le souvenir de ma mère morte en couches tarissait mes entrailles.

— Que s'est-il passé ?

— Ça n'a rien changé, d'abord. Puis il m'a avoué que la famille royale le tourmentait, la presse aussi s'inquiétait de ne le voir que sportif, on mettait en doute sa virilité. Dans ces lignées au sang bleu, il y a suffisamment d'homosexuels pour que les vrais amateurs de femmes soient obligés de procréer en vue de rassurer le peuple et de sécuriser la monarchie. C'était son destin d'homme et de prince. Il avait tenu à l'ignorer autant que possible… Je l'ai pressé de réagir.

— C'est-à-dire ?

— De prendre des maîtresses, de s'afficher officiellement avec elles.

— Vous vous êtes séparés ?

— Du tout. Nous restions ensemble, nous demeurions amants, mais il sauvait les apparences. Il avait droit à de brèves incartades, chaque fois si maladroites, si peu discrètes que des photos, invariablement, paraissaient dans la presse.

— Comment supportiez-vous qu'il vous trompe ?

— Facilement : c'est moi qui choisissais ses maîtresses.

— Pardon ?

— Vous m'avez très bien entendue. Je choisissais les femmes avec lesquelles il avait une aventure.

— Il l'acceptait ?

— C'était ma condition. Je n'admettais le partage que si je décidais avec qui je partageais. Comme il était fou de moi, il avait consenti.

— Comment choisissiez-vous ses maîtresses ?

— Toujours très belles.

– Ah bon ?

– Très belles et très gourdes. S'il n'y a pas dix façons d'être belle, il y a mille façons d'être gourde, gourde parce qu'on n'a pas de conversation, gourde parce qu'on a la causette ennuyeuse, gourde parce qu'on ne s'intéresse qu'à ce qui excite les femmes pas les hommes, gourde parce qu'on se croit plus intelligente qu'on ne l'est, gourde parce qu'on rumine une idée fixe. Mon pauvre Guillaume, je l'ai inscrit à une visite complète au pays des gourdes !

– J'ai l'impression que cela vous amusait.

– Follement. Enfin, j'étais gentille, je ne l'orientais que vers des gourdes ornementales ; si j'avais été méchante, je l'aurais envoyé sur celles qui sont à la fois gourdes et laides !

– Comment le prenait-il ?

– Fort bien. Il allait vers elles pour ce qu'elles avaient de mieux puis il les fuyait pour ce qu'elles avaient de pire. Il me quittait vite mais me revenait aussi vite.

– Pourriez-vous jurer qu'il ne vous en voulait pas ?

– Nous parlions de la piquante crétine de la saison ; comme je les choisissais pittoresques, il avait quelque chose à me raconter. Sinon… Ça, je dois avouer que nous avons beaucoup ri. C'était cynique mais nous subissions une double pression : d'une part, la société nous obligeait à nous cacher ; d'autre part, elle le forçait à prouver qu'il était un homme à femmes ; nous nous étions arrangés. Dans l'intimité, rien n'avait changé, nous nous adorions autant, sinon davantage, car nous traversions ces difficultés ensemble.

– N'avez-vous jamais été jalouse ?

– Je ne m'autorisais pas à le montrer.

– Donc, vous éprouviez de la jalousie !

– Évidemment. Combien de fois ai-je eu le crâne tellement farci d'images de lui avec ses femmes que j'avais envie de tirer le rideau ?

– Vous suicider ?

– Non, les tuer, elles. J'avais des pensées de meurtrière. Or elles se détruisaient elles-mêmes, par leur niaiserie. Des gourdes, par chance, de vraies gourdes. Une fois, une seule, j'ai failli me tromper !

Elle agita les mains, comme si elle luttait encore contre ce danger.

– Fichue Myriam, elle a failli m'avoir. Jamais vu une femme qui mettait autant d'énergie à paraître écervelée… Guillaume m'introduisait en secret au palais où j'assistais aux repas, dissimulée derrière une tenture, afin de confirmer mon choix de gourde. Je sélectionnai d'emblée cette Myriam qui sortait bêtise après bêtise, telle une mitraillette à sottises, jusqu'au moment où je remarquai qu'elle n'émettait que des bêtises réjouissantes, toujours drôles, ni décalées, ni ennuyeuses : refroidie, je conclus qu'elle avait le sens de l'humour, ce qui pour le moins est déjà un signe de finesse. Ensuite, j'y prêtai plus d'attention et je remarquai qu'elle servait à chaque homme qu'elle abordait un comportement adapté : au guindé, elle décochait un « qu'il est drôle, ce coco-là » avec une familiarité décontractante ; au vaniteux, elle adressait des flatteries relatives à sa prétendue réussite ; au crétin féru de chasse, elle prêtait une oreille inépuisable, écoutant le vainqueur des lapins comme le héros de plusieurs guerres mondiales ; bref, c'était un as de la séduction qui camouflait ses cartes. Au dessert, elle s'approcha de Guillaume et l'entretint de sport, le persuadant qu'elle souhaitait sauter en parachute. Faux mais elle était fort capable de tenter l'expérience, cette aventurière, afin de lui tomber dans les bras ! Je l'ai interdite au palais. Une astucieuse qui jouait les évaporées pour mieux manipuler les hommes... Elle a réalisé une brillante carrière depuis, elle n'a épousé que des messieurs importants et, à chaque fois, dites, pas de chance : ils étaient riches !

– Guillaume s'est-il attaché à l'une d'entre elles ?

– Non. Vous savez, les hommes ne sont pas exigeants sur la conversation qu'ils doivent mener avant d'atteindre le lit car ils sont prêts à mériter leur récompense ; après le lit cependant, l'homme de goût et de culture redevient sévère, non ?

Je baissai la tête, muselé par cette imparable vérité.

Elle essuya ses mains sur ses genoux, lissant les plis de sa jupe.

– Cette période des maîtresses, quoique fatigante, fut assez trépidante car elle me permit aussi de passer experte dans l'art de la rupture. Évidemment ! Je lui suggérais quels mots prononcer quand il les quittait. J'en ai inventé, des phrases destinées à les planter, bouche bée, muettes. La séparation devait être nette, sans bavure, sans trace, sans retour, sans suicide.

– Eh bien ?

– Nous y sommes parvenus.

Maintenant, je devinais que nous allions aborder la période la plus sombre de cette histoire, celle qui en marquait l'expiration. Emma Van A. le sentait aussi.

– Un verre de porto ?

– Avec plaisir.

Cette agitation nous permit de respirer avant d'attaquer la suite du récit. Elle savourait le vin cuit, peu impatiente de narrer la fin, consternée d'y accéder si vite.

Soudain, elle tourna vers moi un visage grave.

– Pourtant, je me suis rendu compte que nous ne pouvions plus reculer. Jusqu'ici, nous avions différé l'issue, contourné l'obstacle, or arrivait l'heure où il devrait se marier et avoir des enfants. Je préférais que ce soit moi qui le refoule plutôt que lui qui s'écarte. L'orgueil… Je redoutais cet instant, l'instant où je ne serais plus son béguin mais sa mère. Oui, sa mère… Qui, sinon une mère, pousse un homme vers une épouse et des enfants tandis qu'elle voudrait le garder pour elle ?

Ses yeux s'humidifièrent. Plusieurs décennies après, la même réticence l'envahissait.

– Oh, je n'étais pas prête à devenir la mère de Guillaume !… Pas une seconde je ne le fus – je l'aimais tant, et si passionnément. Je me résolus donc à agir « comme si ».

Elle déglutit. Raconter cela lui était aussi doulou-reux que l'accomplir.

– Un matin, je lui ai annoncé qu'il fallait que je le repose où je l'avais trouvé quelques années plus tôt, dans la dune. Il comprit tout de suite. Il refusa, me supplia d'attendre. Il pleura en se traînant à terre. Je tins bon. Nous gagnâmes l'endroit où il m'était apparu, nous avons étendu des plaids sur le sable, et là, malgré un temps humide, triste, nous nous sommes ébattus pour la dernière fois. Et la première fois sans recourir à notre album des plaisirs. Impossible de pré-ciser si ce fut agréable ; ce fut fort, furieux, désen-chanté. Puis je lui tendis une boisson où j'avais versé un somnifère.

Devant son corps nu endormi, aussi sculptural que le jour originel, je ramassai ses vêtements, les glissai dans mon panier avec les plaids, puis je sortis le dictaphone que je lui avais volé.

Au-dessus de ses longues jambes qui frissonnaient de froid, le regard errant sur sa croupe musclée, son dos hâlé, ses cheveux épars contre sa nuque élancée, j'enregistrai mon message d'adieu : « Guillaume, tes maîtresses, c'est moi qui les ai choisies ; ta femme, c'est toi qui la choisiras. Je veux te laisser le droit de décréter toi-même comment je te manquerai. Soit tu souffriras tant de notre séparation que tu prendras mon contraire, pour effacer toute trace de moi. Soit tu voudras m'intégrer dans la trame de ton avenir et tu en choisiras une qui me ressemble. Je ne sais ce qui adviendra, mon amour, je sais seulement que ça ne me plaira pas mais que c'est nécessaire. Je t'en supplie, ne nous revoyons en aucun cas. Considère qu'Ostende se trouve au bout de la terre, inaccessible… Ne me torture pas avec cet espoir. Moi, je ne t'ouvrirai plus jamais ma porte, je raccrocherai si tu m'appelles, je déchirerai les lettres que tu m'enverras. Il va nous falloir souffrir comme nous avons brûlé, terriblement, démesurément. Je ne garde rien de toi. Dès ce soir, je détruirai tout. Qu'importe, on ne m'arrachera pas mes souvenirs. Je t'aime, notre séparation n'y change rien. Grâce à toi ma vie est justifiée. Adieu. » Je partis en courant. Arrivée à la maison, je prévins son aide de camp afin qu'il le récupérât sur la côte avant la nuit puis je jetai nos lettres et nos photographies dans l'âtre.

Elle songea puis se reprit.

— Non, je mens. Au moment décisif, je m'abstins de

supprimer ses gants. Vous comprenez, il avait de telles mains…

Ses vieux doigts engourdis caressaient une main absente…

– Le lendemain, j'envoyai un des gants chez lui, je rangeai l'autre dans mon tiroir. Un gant, c'est comme un souvenir. Le gant garde la forme du corps, comme le souvenir celle de la réalité ; le gant habite aussi loin de la chair que le souvenir du temps disparu. Le gant, c'est un tissu nostalgique…

Elle se tut.

Son récit m'avait emmené si loin que je n'avais pas envie de le briser avec des mots banals.

Nous avons passé un temps épais ainsi, minuscules au milieu des livres, dans l'obscurité jaunie brièvement par les lampes. Dehors, l'océan furieux geignait.

Puis je m'approchai d'elle, lui saisis la main où je déposai un baiser et murmurai :

– Merci.

Elle me sourit, bouleversante, comme une mourante qui demanderait « elle était belle, ma vie, non ? ».

Je remontai dans ma chambre, m'étirai avec volupté sur le lit où son récit nourrit mes rêves au point qu'au matin, je doutais presque d'avoir dormi.

À neuf heures et demie, Gerda, depuis le couloir, insista pour me servir le petit déjeuner au bord du sommier. D'un geste preste, elle ouvrit les rideaux puis posa le plateau parmi les édredons.

– Ma tante t'a raconté sa vie, hier ?

– Oui.

– Et ça a pris la soirée ? pouffa Gerda.

Je compris que la curiosité la poussait à se montrer si serviable avec moi.

– Désolé, Gerda. J'ai juré de ne rien répéter.

– Dommage.

– En tout cas, vous avez tort d'imaginer votre tante en vieille fille qui n'a rien connu.

– Ah bon ? Ma pauvre tante, moi qui ai toujours cru qu'elle n'avait jamais rencontré le loup, qu'elle allait mourir vierge !

– Eh bien non.

– Ça alors ! Je suis épatée…

– Pourquoi en étiez-vous si sûre ?

– Ben, son infirmité…

– Attendez ! L'attaque cérébrale qui l'a clouée sur son fauteuil roulant, ça n'est arrivé qu'il y a cinq ans…

– Non, je parlais de son infirmité. Tante Emma n'était pas immobilisée avant son attaque cérébrale mais elle ne se déplaçait pas mieux. La pauvre ! Elle avait attrapé la tuberculose osseuse, à l'époque y avait pas les médicaments comme aujourd'hui. Touchée aux hanches. Quel âge elle avait ? Vingt ans. C'était pour ça qu'elle a quitté l'Afrique : elle est venue à l'hôpital ici… Comme traitement, on l'a étendue dix-huit mois sur une planche en bois, au sanatorium ! Lorsqu'elle s'est installée à la Villa, à Ostende, à vingt-trois ans, elle n'a plus marché qu'avec des béquilles. Les enfants l'appelaient « la boiteuse », c'est méchant, les enfants, c'est bête, c'est sans pitié ! Parce qu'elle était jolie, ma tante, très jolie même. Pourtant, qui aurait voulu d'une fille qui claudiquait ? Elle tanguait d'une hanche sur l'autre au moindre pas, attention, ça faisait peur. Finalement, le quotidien est devenu plus facile après son attaque, lorsqu'elle a accepté le fauteuil roulant ! Tiens, va proposer un fauteuil roulant à une fille de vingt-trois ans… Faut dire les choses telles qu'elles sont : quelle pitié ! Enfin, tant mieux s'il y a un brave gars qui, un jour, s'est dévoué pour…

Dégoûtée par cette perspective, elle haussa les épaules et sortit.

Pensif, j'avalai la solide collation flamande, me douchai rapidement puis descendis rejoindre Emma Van A. assise devant la baie, un volume sur les genoux, les yeux accrochés aux nuages.

Elle rosit en me découvrant. Une réaction de femme qui s'est donnée. Je sentis que je devais la rassurer.

– J'ai passé une nuit merveilleuse à me rappeler votre histoire.

– Tant mieux. J'ai regretté de vous avoir ennuyé, après coup.

– Pourquoi avez-vous omis que vous étiez infirme ?

Elle se crispa. Son cou se raidit, prit deux centimètres de hauteur.

– Parce que mon existence n'est pas celle d'une infirme et ne l'a jamais été.

Soudain, elle m'inspecta par en dessous, méfiante, quasi hostile.

– Je vois que ma balourde de nièce vous a renseigné…

– Elle m'en a parlé par hasard ; ce n'était surtout pas pour se moquer de vous ; au contraire, elle évoquait vos difficultés avec compassion.

– Compassion ? Je déteste ce genre de regard posé sur moi. Heureusement, l'homme de ma vie ne m'a pas infligé sa pitié.

– Il ne vous parlait pas de votre handicap ?

– Si, à un moment où il était d'humeur marieuse,

lorsqu'il tenait à officialiser notre liaison… J'étais désorientée ! Je lui ai répondu que, si le peuple accueillerait éventuellement une roturière, il rejetterait une infirme. Alors il m'a rapporté l'histoire d'une reine française, Jeanne la Boiteuse. Il m'a même appelée ainsi pendant quelques semaines. J'ai dû fournir d'intenses efforts pour déployer de l'humour.

– Est-ce à cause de cela que vous avez voulu que votre union restât clandestine ? Au fond, il acceptait beaucoup mieux votre infirmité que vous…

Elle repoussa sa nuque contre le dossier de son fauteuil. Ses prunelles se voilèrent d'humidité.

– Possible.

La voix se brisa. Sa bouche hésitait. Je compris qu'un autre secret m'attendait derrière ses lèvres.

– Qu'y a-t-il ? dis-je avec douceur.

– La tuberculose était la vraie cause de ma stérilité. À cause de mon affection des os, des traitements qui l'ont accompagnée, mes flancs devinrent inexploitables. Sans cela, j'aurais peut-être eu le courage d'épouser Guillaume…

Elle me fixa avec intensité et se reprit :

– C'est idiot, ce genre de phrases : « sans cela » ! « Sans ma maladie » ! Des ruses de l'esprit pour souffrir davantage ! Mon destin ne pouvait se dérouler « sans cela ». Il ne faut jamais tomber dans ces hypothèses, ce sont des puits de douleur où l'on clapote. J'ai connu une disgrâce et une grâce, je n'ai pas à me plaindre ! La disgrâce : la maladie. La grâce : que Guillaume m'aime.

Je lui souris. Elle s'apaisa.

– Madame, il y a une question que je n'ose pas vous poser.

– Allez-y. Risquez-vous.

– Guillaume est-il toujours vivant ?

Elle prit son inspiration puis s'empêcha de répondre. Pivotant son fauteuil, elle se dirigea vers une table basse, y saisit une boîte plate en argent, constata qu'il n'y avait plus de cigarettes, la repoussa avec agacement. De dépit, elle s'empara avec résolution d'un fume-cigarettes vide en écaille et, d'un geste crâne, le porta à sa bouche.

– Pardonnez-moi. Je ne répondrai pas à votre question, monsieur, car je ne veux pas vous donner trop d'indices pour identifier l'homme dont je parle. Sachez déjà que Guillaume ne s'appelait pas Guillaume, c'est seulement le pseudonyme que je lui ai donné dans mon récit. Remarquez aussi que je n'ai pas mentionné son rang successoral. Notez enfin que je ne vous ai précisé en aucun cas de quelle famille royale il s'agissait.

– Pardon ? Il ne s'agit pas de la dynastie belge ?

– Je ne l'ai pas dit. Ce peut être aussi bien la maison royale de Hollande, de Suède, du Danemark ou d'Angleterre.

– Ou d'Espagne, criai-je, exaspéré.

– Ou d'Espagne ! confirma-t-elle. Je vous ai raconté mon secret, pas le sien.

Ma tête se brouillait. Naïf, j'avais gobé jusqu'au moindre détail ce qu'elle m'avait raconté la veille. Découvrir que, malgré son émotion, elle avait contrôlé son récit me la dévoilait différente, calculatrice, rusée.

Je lui souhaitai une bonne journée et entamai ma promenade.

En flânant, une drôle de pensée gigotait entre mes tempes, une pensée qui m'échappait. De manière fugitive, un souvenir me travaillait… comme un mot qui se dérobe. Désarçonné par ce que Gerda m'avait appris, puis Emma elle-même, je cheminais avec un malaise que je n'arrivais pas à définir. Sur les longs quais déserts, je m'arrêtai plusieurs fois. Je contemplai les flots, j'éprouvai le mal de terre, et je dus m'asseoir.

En ce mardi, la disparition des touristes m'avait restitué Ostende intacte, vide. Cependant, je suffoquais.

D'ordinaire, lorsque je séjournais au bord des océans, j'avais l'impression que l'horizon s'enfuyait à perte de vue ; or ici, au nord, l'horizon se dressait tel un mur. Je ne me trouvais pas face à une mer par laquelle on s'évade, mais devant une mer contre laquelle on bute. Elle n'appelait pas au départ, elle opposait son rempart. Était-ce pour cela qu'Emma Van A. avait passé son existence ici, pour demeurer prisonnière dans l'exil de ses souvenirs ?

Je m'accrochai à la rambarde d'acier qui fermait le quai. En quittant la villa, l'espace d'un instant j'avais été piqué par je ne sais quoi, une sensation, un souvenir qui m'avait laissé une amertume en bouche. Qu'était-ce ?

En me dirigeant vers une terrasse afin de commander à boire, la solution me saisit car les chaises de brasserie me renvoyèrent soudain une image nette : la folle de Saint-Germain !

Vingt ans plus tôt, fraîchement installé à Paris pour y poursuivre mes études, j'avais rencontré cet étrange caractère un soir où mes amis et moi attendions une séance de cinéma.

– Mesdames, messieurs, je vais vous interpréter une danse.

Une clocharde aux cheveux plats de couleur indécise – certains jaunes, d'autres cendrés – s'arrêta devant l'attroupement qui s'apprêtait à pénétrer dans la salle, entreposa ses paquets sous une porte cochère, puis se plaça parmi nous en gardant un œil sur eux.

– La musique est de Chopin !

En chantonnant d'une voix aigrelette, elle gesticula sur des chaussons autrefois blancs, les gestes encombrés par le châle rose glissant contre sa robe aux motifs floraux tandis que son chétif béret menaçait de tomber. Ce qui fascinait, c'était la négligence avec laquelle elle accomplissait son numéro : totalement fâchée avec le rythme et la justesse, elle marmonnait la mélodie quand elle y pensait, à condition qu'il lui restât du souffle ; quant aux mouvements, ils esquissaient l'ombre d'un pas. On croyait voir une bambine de quatre ans s'amusant à jouer la ballerine devant un miroir. J'avais l'impression qu'elle s'en rendait compte et qu'elle s'estimait la seule à en être capable. Au pli de sa bouche, je devinai qu'elle nous reprochait de nous montrer d'aussi piètres connaisseurs. « J'exécute n'importe quoi, ils ne le remarquent pas, ils ne méritent pas mieux. »

– Voilà, c'est fini !

Elle nous salua d'une lente et noble révérence où elle rassembla autour d'elle une vaste robe fictive terminée par une traîne invisible.

Ceux qui étaient habitués à la croiser lancèrent les applaudissements. Soit par pitié, soit par cruauté, nous commençâmes à lui organiser un triomphe, sifflant, braillant, entraînant les badauds à l'acclamer jusqu'au moment où, en nage, exténuée par ses révérences qui s'ajoutaient à sa chorégraphie, elle s'exclama d'un ton pointu :

— Faut quand même pas rêver : y aura pas de *bis* !

Elle passa ensuite devant nous en tendant son béret rouge.

— Pour la danse, messieurs dames. Pour l'artiste, s'il vous plaît. Merci pour l'art.

Je la croisai souvent par la suite. Un jour, elle arriva près de la file en chancelant, le nez cramoisi, le regard flou, ayant trop bu. Lâchant son barda, elle bredouilla quelques notes, agita ses jambes, assez pour réaliser qu'elle était incapable d'achever son ballet approximatif.

Cela la mit en fureur. Elle nous toisa d'un œil noir.

— Vous vous moquez d'une pauvre vieille ? Mais je n'ai pas toujours été comme ça, j'ai été très belle, oui, très belle, là dans mes sacs j'ai des photos. Et puis, j'aurais dû épouser le roi Baudouin ! Parfaitement, le roi Baudouin, le roi des Belges, parce que les Belges ils n'ont pas que des présidents minables comme nous, mais eux ils ont de vrais rois ! Eh bien moi, j'ai failli être la reine des Belges, parfaitement ! Reine des Belges, tout simplement parce que le roi Baudouin, jeune, il était fou de moi. Et moi aussi. Parfaitement ! On était très heureux. Très. Et puis il y a eu cette intrigante, cette… cette…

Elle cracha plusieurs fois par terre, dépitée, rageuse, tremblante de haine.

— Et puis il y a eu cette Fabiola !

Victorieuse, elle était parvenue à prononcer le prénom de sa rivale. Les pupilles dilatées par la hargne, le front tendu, elle nous apostropha violemment :

— Fabiola, elle me l'a volé ! Oui ! Volé ! Alors qu'il

en pinçait pour moi. Rien à foutre, l'Espagnole, aucun respect, elle voulait l'épouser, elle l'a ensorcelé. Il s'est détourné de moi. Paf, comme ça, d'un coup.

Elle s'appuya contre un mur, tenta de reprendre son souffle.

– Fabiola ! Pas difficile quand tu es née le cul dans le beurre, que tu as eu des bonnes qui venaient d'Angleterre, d'Allemagne, de France ou d'Amérique, de parler plusieurs langues ! Pff… moi aussi j'aurais pu si je n'étais pas née dans le caniveau. Voleuse ! Voleuse ! Elle m'a volé Baudouin !

À bout de nerfs, la clocharde se ressaisit, nous dévisagea comme si elle découvrait que nous étions là, contrôla en un éclair que ses sacs demeuraient entassés non loin, puis, limitant sa prestation aux mouvements des membres supérieurs, elle marmonna un air indistinct, agita bras et mains pendant vingt secondes, s'inclina brusquement.

– Voilà !

Entre ses dents, j'entendis deux discours qui se chevauchaient :

– Pour la danseuse… intrigante… aventurière… voleuse… merci pour la danse… salope de Fabiola !

Voilà à qui me ramenait ma rêveuse d'Ostende, ni plus ni moins qu'à cette mendiante trimbalant en permanence une dizaine de sacs en plastique et que les étudiants de la Sorbonne appelaient la folle de Saint-Germain puisque chaque quartier de Paris possède son originale.

Ma logeuse valait-elle mieux ? En un éclair, l'invraisemblance de son récit me frappa. La liaison d'une infirme et d'un prince ! Son ascendant sur un homme riche et libre, allant jusqu'à choisir ses maîtresses à sa place ! Le début et la fin à la plage, entre les dunes, si romanesques... Trop surprenant, cela, beaucoup trop artistique ! Normal qu'il n'y ait plus aucune trace matérielle de leur histoire : elle n'avait jamais eu lieu.

Je retraversai son récit à la lumière du soupçon. Son carnet de cuir mandarine contenant le menu amoureux ne correspondait-il pas aux meilleurs textes érotiques, ceux écrits par des femmes ? Les chefs-d'œuvre d'audace sensuelle en littérature ne sont-ils pas souvent le fruit de marginales, de célibataires qui, ne se sachant pas destinées à la maternité, s'accomplissent autrement ?

En rentrant chez Emma, un détail joua comme une clé ouvrant chaque porte : au-dessus de la marquise, une mosaïque argent et or nommait l'endroit : Villa Circé ! On percevait que le panneau avait été ajouté après la construction du bâtiment.

Tout s'éclairait : Homère était la matrice ! Emma Van A. avait conçu les épisodes à partir de son auteur préféré. Sa rencontre avec Guillaume, annoncée par un rêve prémonitoire, transposait celle d'Ulysse et de Nausicaa, la jeune femme découvrant un homme nu au bord de l'eau. Elle avait appelé sa villa « Circé » pour mieux s'identifier à l'enchanteresse de l'*Odyssée* qui exerce ses artifices magiques sur les hommes. Elle détestait les femmes qui tricotent ou qui tissent, les Pénélope chez qui Ulysse tarde tant à rentrer. Quant au menu de recettes érotiques, il s'inspirait de la Grèce antique. Bref, elle avait fabriqué ses prétendus souvenirs avec des souvenirs littéraires.

Soit Emma s'était jouée de moi, soit Emma était une mythomane. Dans les deux cas, il me parut évident, compte tenu de son infirmité – escamotée –, qu'elle avait faussé la vérité.

Je poussai la porte, décidé à lui prouver que je n'étais plus dupe. Mais devant la mince silhouette assise sur son fauteuil roulant face à la baie, mon irritation tomba.

Une pitié tendre m'envahit. Gerda avait raison lorsqu'elle s'exclamait « la pauvre » en évoquant sa tante. Cette infortunée n'avait pas eu à travailler pour vivre mais qu'avait-elle pu vivre, avec ce corps – certes mignon – humilié par l'infirmité ? Comment lui en vouloir d'avoir utilisé ce qui lui restait, son imagination, pour s'évader de son existence ou l'enrichir ?

Et de quel droit, moi, un romancier, allais-je lui reprocher son improvisation poétique ?

Je m'approchai. Elle sursauta, sourit, me désigna un siège.

Je m'installai en face d'elle et l'interrogeai.

– Pourquoi n'écrivez-vous pas tout cela ? C'est si captivant. Rédigez un livre, en mettant de faux noms, en l'intitulant « roman ».

Elle me dévisagea comme si elle discutait avec un nourrisson.

– Je ne suis pas une femme de lettres.

– Qui sait ? Il faudrait essayer.

– Je le sais puisque j'occupe mon temps à lire. Il y a déjà assez d'imposteurs comme ça…

Par un rictus, je réagis au mot imposteur car il me semblait révélateur qu'elle l'employât, elle qui m'avait menti la veille : un aveu, en quelque sorte.

Elle remarqua ma grimace et m'attrapa la main avec gentillesse.

– Non, non, ne le prenez pas mal. Je ne dis pas ça pour vous.

Je m'amusai de sa méprise. Elle conclut que je lui avais pardonné.

– Je suis certaine que vous êtes un artiste.

– Vous ne m'avez pas lu.

– C'est vrai ! rétorqua-t-elle en éclatant de rire à son tour, mais vous écoutez si bien.

– J'écoute comme un enfant, j'admets ce qu'on énonce. Ainsi, si vous aviez fabriqué des anecdotes hier, je ne m'en serais pas rendu compte.

Elle approuva de la tête, comme si je lui récitais une comptine. Je me risquai davantage :

– Chaque invention est un aveu, chaque mensonge une intime confession. Si vous vous étiez jouée de moi hier, je ne vous en voudrais pas, je vous en remercierais car, en me narrant votre conte, vous m'auriez choisi, vous m'auriez considéré comme une oreille digne, vous m'auriez ouvert votre cœur et offert votre fantaisie. Quoi de plus singulier que la créativité ? Peut-on rien donner de plus précieux ? J'aurais été le privilégié. L'élu.

Un frémissement sur ses traits m'indiqua qu'elle commençait à comprendre. J'enchaînai à la hâte :

– Oui, vous m'avez reconnu, je suis une sorte de frère, un frère dans le mensonge, un homme qui a choisi, comme vous, de se livrer en fabulant. Aujourd'hui, on valorise la sincérité en littérature. Quelle blague ! La sincérité ne saurait constituer une qualité que pour un procès-verbal ou lors d'un témoignage devant la justice – et encore, il s'agit dès lors d'un devoir plus que d'une qualité. La construction, l'art d'intéresser, le don de raconter, la facilité à rendre proche ce qui serait lointain, la capacité d'évoquer sans décrire, l'aptitude à donner l'illusion du vrai, tout cela n'a rien à voir avec la sincérité et ne lui doit rien. De plus, les récits qui ne se nourrissent pas de réalités mais de fantasmes, de scènes souhaitées, de désirs avortés, de soifs répétées m'apportent davantage que les faits divers imprimés dans les journaux.

Elle écarquilla les yeux en tordant ses lèvres.

– Vous… vous ne me croyez pas ?

– Pas une seconde, mais ça n'a aucune importance.

– Quoi !

– Je vous remercie quand même.

Où trouva-t-elle la force de me pousser si fort ? Elle frappa ma poitrine, je tombai en arrière.

– Imbécile !

Elle fulminait.

– Disparaissez ! Quittez cette pièce immédiatement ! Dehors ! Je ne veux plus vous voir.

Inquiétée par les cris, Gerda déboula dans la bibliothèque.

– Que se passe-t-il ?

Emma découvrit sa nièce, réfléchit à ce qu'elle allait répondre. Pendant ce temps, la costaude m'avait découvert sur le tapis et se précipitait pour m'aider à me relever.

– Ben alors, monsieur ! Tu es tombé ! Comment tu as réussi ça ? Tu t'es pris les pieds dans le tapis ?

– C'est ça, Gerda, il s'est pris les pieds dans le tapis. Je t'ai appelée pour ça. Maintenant, je voudrais qu'on me laisse tranquille, j'ai besoin de me reposer. Seule !

Devant l'autorité sans réplique de cette chétive vieillarde, nous avons, Gerda et moi, battu en retraite.

Réfugié à l'étage, je m'en voulais d'avoir provoqué cette crise. Je me figurais Emma menteuse, pas perturbée. Sa réaction dénotait qu'elle accordait du crédit à ses élucubrations. Et voilà que, par ma faute, elle souffrait davantage. Que faire ?

Gerda me rejoignit sous prétexte de me servir un thé, en réalité pour me soutirer des renseignements relatifs à la scène qu'elle avait entrevue.

– Qu'est-ce que tu lui as dit ? Elle fumait de colère !

– Je lui ai dit que je ne croyais peut-être pas tout ce qu'elle m'avait raconté hier…

– Ah oui… je vois bien, ça…

– J'ai ajouté gentiment que son histoire m'emballait, que ce n'était pas grave si elle extrapolait. Là elle m'a frappé !

– Ouille !

– Je ne savais pas qu'elle s'était enfoncée si loin dans son délire. Au-delà de l'équilibre. Je la supposais menteuse ou mythomane, je ne l'imaginais pas…

– Folle ?

– Oh, le mot est…

– Je suis désolée, monsieur, mais tu dois admettre que tante Emma est dérangée. Est-ce que tu penses, toi, que les romans que tu écris sont vrais ? Non. Donc, c'est ce que je dis : ma tante est cinglée. Hé, ce n'est pas la première fois qu'on en parle… L'oncle Jan le disait déjà ! Tante Éliette aussi !

Je me tus. Il m'était désagréable de reconnaître que cette femme fruste avait raison ; quand le bon sens a l'aspect d'un sanglier au front obtus, d'une robe à fleurs géantes, de gants en caoutchouc jaune, d'un vocabulaire pauvre et d'une syntaxe déficiente, je ne suis pas attiré par le bon sens. Néanmoins, j'étais obligé de partager son diagnostic : Emma Van A. avait quitté le monde réel pour rallier un monde chimérique, sans conscience du trajet accompli.

Gerda repartit préparer le repas.

De mon côté, je tergiversais. En rester là ou apaiser Emma ? Je ne supportais pas de la rendre malheureuse. Mieux valait mentir que l'affliger.

À sept heures, profitant du départ de Gerda, je redescendis au salon.

Devant le jour qui s'effaçait, au milieu de la bibliothèque mangée par la pénombre, elle se tenait à sa place habituelle, les paupières rougies. Je m'approchai lentement.

– Madame Van A...

Mes paroles se perdirent dans le silence de la pièce.

– Me permettez-vous de m'asseoir ?

L'absence totale de réaction me donna l'impression que j'étais devenu aphone, transparent. Cependant, quoiqu'elle ne m'adressât ni mot ni regard, à la contraction excessive de ses muscles, au fait qu'elle réduisait son champ de vision, je sentais qu'elle percevait ma présence, et qu'elle lui était désagréable.

J'improvisai une solution pour sortir de la crise :

– Madame Van A., je suis navré de ce qui est arrivé tantôt, je m'en estime totalement responsable. Je ne comprends pas ce qui m'a pris. Ce doit être de la jalousie. Oui, sans doute. Votre passé est tellement éblouissant que j'ai eu besoin de juger qu'il était faux, que vous l'aviez inventé. Vous comprenez, c'est difficile pour des êtres ordinaires comme moi d'apprendre qu'il se produit des choses aussi... extraordinaires. Je vous présente mes excuses. J'étais vert de contrariété. J'ai voulu piétiner votre bonheur en criant qu'il n'était pas réel. Vous m'entendez ?

Elle se tourna vers moi et, progressivement, un sourire victorieux apparut sur son visage.

– Jaloux ? Jaloux, vraiment ?

– Oui. Je défie quiconque vous écoutant de ne pas crever de dépit et d'envie…

– Je n'y avais pas pensé.

Elle m'étudia avec sympathie. J'insistai pour rétablir la confiance.

– C'est sans doute pourquoi vous ne vous êtes jamais livrée : éviter de déclencher de violentes convoitises.

– Non. Ce qui me retenait, c'était ma promesse. Et puis l'idée que je passerais pour une folle.

– Une folle… Pourquoi donc ?

– Il y a plein de misérables qui ont des vies tellement ennuyeuses qu'ils content des balivernes auxquelles ils finissent par croire. Je les comprends d'ailleurs.

Mystère des mots… Comme des oiseaux, ils se posent sur une branche sans que l'arbre s'en rende compte. Ainsi Emma Van A. venait de décrire son cas sans s'y reconnaître, comme s'il s'agissait d'une maladie touchant les autres.

Je la sentis apaisée. Du coup, j'éprouvai la même paix.

Et ce fut ainsi, dans le silence, que je quittai Emma Van A.

Le lendemain, les hurlements de Gerda me réveillèrent à huit heures trente : elle venait de découvrir sa tante morte dans ses draps.

Infirmiers, médecin, sirènes, policiers, sonnettes, portes qui claquent, mouvements, bruits vinrent confirmer au cours de la journée ce que nous avions constaté en entrant dans sa chambre : Emma Van A. avait succombé à une nouvelle attaque cardiaque.

Gerda se comporta de manière impeccable : chagrinée mais efficace, elle s'occupa de tout, y compris de moi à qui elle demanda si je voulais écourter mon séjour – deux semaines réglées d'avance – ou pas. Comme je décidai de rester, elle me remercia, pour elle et pour sa tante, comme si je leur accordais une faveur personnelle alors qu'en réalité je ne savais pas où aller.

Emma Van A. fut toilettée, maquillée, allongée sur son lit en attendant la mise en bière.

Je continuai mes randonnées qui m'apportaient un réconfort étrange. Aujourd'hui la mer était triste avec dignité, voilée dans des tons gris. J'étais venu à Ostende pour guérir d'une rupture en me peignant un lieu doux, nostalgique, indécis, un brouillard au creux duquel je pourrais me lover. Erreur ! Ostende n'était pas floue – pas davantage que la poésie n'est le flou – mais j'y guérissais cependant. Emma Van A. m'avait apporté des émotions fortes et, à sa curieuse manière, remis sur pied.

Je savourais comme un privilège ces ultimes moments où elle nous gardait encore, Gerda et moi, à la Villa Circé.

À cinq heures, la nièce m'apporta le thé en ronchonnant.

– Le notaire m'a appelée pour me dire qu'il y a une disposition concernant ses obsèques : publication dans deux quotidiens belges, deux néerlandais, deux danois, deux anglais. Elle était vraiment folle !

– Vous l'avez fait ?

– Le notaire l'a déjà fait.

– Qui hérite ?

– Moi, comme elle me l'avait promis, j'étais déjà au courant. Ah oui, elle a exigé une veille de trois jours, ce qui est normal, et aussi une chose plus bizarre : elle veut être enterrée avec un gant.

Je frémis. Elle continua les yeux au ciel :

– Un gant qui serait dans une boîte en acajou au fond de son armoire à robes.

Sachant de quoi il s'agissait, je ne voulus pas ternir davantage sa tante en racontant ses délires.

Gerda revint plus tard en tenant à bout de bras une boîte ouverte et en considérant son contenu avec suspicion.

– C'est un gant d'homme, dis, non ?

– Oui.

La nièce s'assit et réfléchit, ce qui était pénible pour elle.

– Alors elle aurait connu un homme ?

– Un gant d'homme, affirmai-je doucement.

Elle me sourit, comprenant mon raisonnement.

– Oui, je vois.

– Une rencontre chaste lors d'un bal. Elle aura fantasmé la suite. Le parfait inconnu à qui elle a confisqué ce gant qui n'a jamais compris ce qui s'était passé... Voilà ce que je crois, Gerda.

– C'est ce que je crois aussi.

Je relevai la tête et saisis un volume en évidence dans la bibliothèque.

– Cette fable-là, il est aisé de voir quelle lecture la lui a soufflée.

J'ouvris une exquise édition des *Contes* de Perrault puis désignai un chapitre :

– Cendrillon. Elle laisse une chaussure derrière elle

en quittant le bal. Le prince ramasse la chaussure et va rechercher sa cavalière disparue avec cet indice.

Je saisis le gant.

– Voici le gant du prince qui vaut pour la chaussure de Cendrillon.

– Ma pauvre tante. M'étonne pas que ses amours soient des contes de fées. La réalité était trop dure pour elle, dis, trop violente. Tante Emma n'était pas qu'infirme, elle était inadaptée. Elle n'a jamais été qu'une rêveuse.

J'approuvai du front.

– Assez moqué, conclut-elle, je respecterai ses suprêmes volontés. D'où qu'il vienne, ce gant, je vais le placer sur elle.

– Je vous accompagne.

Nous entrâmes dans la chambre mortuaire au silence impressionnant et je dois avouer que ce gant, précisément parce qu'il était le support d'un songe, je fus ému de le glisser entre les doigts de la vieille dame, contre son cœur, son cœur qui n'avait battu qu'en rêve.

Le troisième jour de veille, Gerda, son mari, ses enfants et moi sommes allés faire nos adieux à Emma Van A., puis, en jouant au tarot, nous avons attendu les employés des pompes funèbres.

Lorsqu'on sonna, je criai à Gerda qui s'était éloignée dans la cuisine :

– Ne vous dérangez pas, je vais leur ouvrir.

Je fus surpris de ne découvrir qu'un homme devant la porte.

– Bonjour, vous venez seul ?

– Pardonnez-moi, monsieur, je me présente bien chez Madame Emma Van A. ?

Cette remarque m'avertit que je me méprenais sur l'identité du visiteur, d'autant que, loin au bout de la rue, survenait avec une lenteur majestueuse le corbillard.

– Pardonnez-moi, je vous avais pris pour un employé des pompes funèbres. Vous savez sans doute que Madame Emma Van A. est décédée ?

– Oui, monsieur, je viens à ce propos.

En se retournant, il constata que les croque-morts descendaient de leur véhicule.

– Content d'être arrivé à temps. Puis-je vous parler en privé ?

Cravaté, élégant, dans un costume sombre impeccablement coupé, l'homme parlait avec l'autorité tranquille de celui qui abat d'ordinaire les obstacles devant lui. Sans méfiance, je l'introduisis au salon.

– Écoutez, monsieur, dit-il dans un français presque sans accent, je n'irai pas par quatre chemins. Je viens ici avec une mission insolite que je ne comprends pas moi-même. Permettez-moi de me présenter : Edmond Willis.

Il brandit une carte blasonnée que je n'eus pas le loisir de détailler car il enchaîna d'une voix basse :

– Depuis cinq ans, je suis secrétaire général en poste au palais royal de *. Lorsqu'on m'a confié mes attributions, j'ai reçu de mon prédécesseur, lequel l'a reçu de son prédécesseur, et ainsi de suite en remontant la chronologie, un ordre saugrenu. Est-ce l'usure des transmissions ? Est-ce volonté de brouiller l'information ? Toujours est-il que nous ignorons aujourd'hui qui, dans la maison royale, est à l'origine de cette demande... En tout cas, la consigne, elle, demeure claire : si le secrétaire général du palais apprend le décès de Madame Emma Van A., Villa Circé, 2, rue des Rhododendrons, Ostende, il aura mission d'apporter ce gant pour le déposer auprès du corps avant que l'on ne ferme le cercueil de cette dame.

Et il me tendit un gant blanc, le jumeau de celui qu'Emma, sur son lit de mort, tenait contre son cœur.

Crime parfait

Dans quelques minutes, si tout se passait bien, elle tuerait son mari.

Le sentier sinueux s'amincissait d'une façon périlleuse cent mètres en amont, surplombant la vallée. À ce point de son flanc, la montagne ne s'épanouissait plus en pente mais se raidissait en falaise. Le moindre faux pas se révélerait mortel. Rien pour que le maladroit se rattrape, ni arbres, ni buissons, ni plate-forme ; ne dépassaient du mur rocheux que des blocs pointus sur lesquels un corps se déchirerait.

Gabrielle ralentit sa marche pour observer les alentours. Personne ne gravissait le chemin derrière eux, nul randonneur sur les vallons opposés. Pas de témoin donc. Seuls une poignée de moutons, à cinq cents mètres au sud, occupaient les prés, goulus, la tête baissée sur l'herbe qu'ils broutaient.

– Eh bien, ma vieille, tu es fatiguée ?

Elle grimaça à l'appel de son mari : « Ma vieille », justement ce qu'il ne fallait pas dire s'il voulait sauver sa peau !

Il s'était retourné, inquiet de son arrêt.

– Tu dois tenir encore. On ne peut pas s'arrêter ici, c'est trop dangereux.

En Gabrielle, au fond de son crâne, une voix

ricanait de chaque mot prononcé par le futur mort.
« Ça, tu l'as annoncé, ça va être dangereux ! Tu
risques même de ne pas y survivre, mon *vieux* ! »

Un soleil blanc plombait les corps et imposait le
silence aux alpages qu'aucun souffle d'air ne caressait,
à croire que l'astre surchauffé voulait rendre minéral ce
qu'il touchait, plantes et humains compris, qu'il comptait écraser toute vie.

Gabrielle rejoignit son mari en maugréant.

– Avance, ça va.

– En es-tu certaine, ma chérie ?

– Puisque je te le dis.

Avait-il lu dans ses pensées ? Se comportait-elle, malgré elle, d'une manière différente ? Soucieuse d'exécuter son plan, elle entreprit de le rassurer par un large
sourire.

– En fait, je suis contente d'être remontée ici.
J'y venais souvent avec mon père pendant mon
enfance.

– Ça, siffla-t-il en jetant un regard panoramique sur
les flancs escarpés, on se sent petit ici !

La voix intérieure grinça : « Petit, tu le seras bientôt
davantage. »

Ils reprirent l'ascension, lui devant, elle derrière.

Surtout ne pas flancher. Le pousser sans hésiter
quand il faudra. Ne pas le prévenir. Éviter de soutenir
son regard. Se concentrer sur le mouvement judicieux.
L'efficacité, seule l'efficacité compte. La décision, elle,
a été prise depuis longtemps, Gabrielle ne reviendra
pas dessus.

Il commençait à aborder le virage scabreux.
Gabrielle pressa l'allure sans attirer l'attention. Cris-
pée, hâtive, la respiration gênée par la nécessité d'être

discrète, elle manqua glisser sur une pierre déchaussée. « Ah non, s'esclaffa la voix, pas toi ! Tu ne vas pas avoir un accident alors que la solution approche. » Dans cette défaillance, elle puisa une énergie gigantesque, se rua sur le dos qu'elle suivait et envoya à pleine force son poing au creux de ses reins.

L'homme se cambra, perdit l'équilibre. Elle porta le coup de grâce en frappant les deux mollets de son pied.

Le corps jaillit du sentier et commença sa chute dans le vide. Effrayée, Gabrielle se plaqua en arrière, épaule contre la pente, pour ne pas tomber et pour éviter de voir ce qu'elle avait déclenché.

L'entendre lui suffit…

Un cri retentit, déjà lointain, chargé d'une abominable angoisse, puis il y eut un choc, un deuxième choc, pendant lesquels la gorge hurla encore de douleur, puis de nouveaux chocs, des sons de brisures, de déchirements, quelques roulis de pierres, et puis, soudain, un vrai silence.

Voilà ! Elle avait réussi. Elle était délivrée.

Autour d'elle, les Alpes offraient leur paysage grandiose et bienveillant. Un oiseau planait, immobile, au-dessus des vallées, accroché à un ciel pur, lavé. Nulle sirène ne retentissait pour l'accuser, aucun policier ne surgissait en brandissant des menottes. La nature l'accueillait, souveraine, sereine, complice, en accord avec elle.

Gabrielle se détacha de la paroi et pencha la tête au-dessus du gouffre. Plusieurs secondes s'écoulèrent avant qu'elle ne repérât le corps disloqué qui ne se trouvait pas dans la direction où elle le cherchait. Fini ! Gab avait cessé de respirer. Tout était simple. Elle n'éprouvait aucune culpabilité, seulement un soulagement. Du reste, elle ne se sentait déjà aucun lien avec le cadavre qui gisait là-bas.

Elle s'assit et cueillit une fleur bleu pâle qu'elle mâchouilla. Maintenant, elle aurait le temps de paresser, de méditer, elle ne serait plus obsédée par ce que Gab faisait ou lui dissimulait. Elle renaissait.

Combien de minutes demeura-t-elle ainsi ?

Un bruit de cloche, quoique assourdi par la distance, l'arracha à son extase. Les moutons. Ah oui, il fallait redescendre, jouer la comédie, donner l'alerte. Maudit Gab ! À peine était-il parti qu'elle devait encore lui consacrer son temps, déployer des efforts pour lui, se contraindre ! La laisserait-il jamais tranquille ?

Elle se redressa, rassérénée, fière d'elle. L'essentiel accompli, elle n'avait plus guère à avancer pour gagner sa paix.

Rebroussant chemin, elle se rappela son scénario. Comme c'était curieux de se souvenir de ça, d'un projet qui avait été conçu en un temps différent, un temps où Gab l'encombrait de sa présence. Un autre temps. Un temps déjà lointain.

Elle marchait d'un pas leste, plus vite qu'elle n'aurait dû, car son essoufflement l'aiderait à convaincre les gens qu'elle était bouleversée. Elle devait juguler son euphorie, escamoter sa joie devant ces trois ans de fureur qui disparaissaient, trois ans où des indignations cuisantes et aiguës avaient planté leurs flèches dans l'intérieur de son crâne. Il ne lui servirait plus du « ma vieille », il ne lui infligerait plus ce regard de pitié qu'il avait eu tantôt en lui tendant la main, il ne prétendrait plus qu'ils étaient heureux alors que c'était faux. Il était mort. Alléluia. Vive la liberté.

Après deux heures de marche, elle aperçut des randonneurs et courut dans leur direction.

– Au secours ! Mon mari ! S'il vous plaît ! À l'aide !

Tout s'enchaîna merveilleusement. Elle tomba au sol en s'approchant d'eux, se blessa, fondit en larmes et raconta l'accident.

Ses premiers spectateurs mordirent à l'hameçon et avalèrent l'ensemble, l'histoire autant que son chagrin. Leur groupe se scinda : les femmes l'accompagnèrent dans la vallée tandis que les hommes partaient à la recherche de Gab.

À l'hôtel Bellevue, son arrivée avait dû être précédée d'un coup de téléphone car le personnel au complet l'accueillit avec des têtes de circonstance. Un gendarme au visage incolore lui annonça qu'un hélicoptère emmenait déjà l'équipe de secouristes.

Au mot « secouristes », elle frissonna. Comptaient-ils le retrouver en vie ? Gab aurait-il pu réchapper à sa chute ? Elle se rappela son cri, la cessation des cris puis le silence, et en douta.

– Vous… vous croyez qu'il peut être vivant ?

– Nous avons cet espoir, madame. Était-il en bonne condition physique ?

– Excellente mais il a fait une chute de plusieurs centaines de mètres, en rebondissant sur les rochers.

– On a déjà vu des cas plus surprenants. Tant que nous ne savons pas, notre devoir est de rester optimistes, chère madame.

Impossible ! Soit elle était folle, soit lui l'était. Prononçait-il ces phrases parce qu'il détenait des renseignements ou répétait-il des formules stéréotypées ? La seconde solution sans doute… Gab ne pouvait avoir survécu. À supposer que, par miracle, il soit rescapé, il devait être brisé, traumatisé, perclus d'hémorragies internes et externes, incapable de parler ! Allons, si ce n'était déjà accompli, il allait mourir dans les heures qui viendraient. Aurait-il eu le temps d'articuler quelque chose aux brancardiers ? Juste avant qu'on le treuille dans l'hélicoptère ? L'aurait-il dénoncée ? Improbable. Qu'avait-il compris ? Rien. Non, non, non, et mille fois non.

Elle plongea sa tête entre les mains et les témoins pensèrent qu'elle priait en étouffant ses larmes ; en réalité, elle pestait contre le gendarme. Quoiqu'elle fût sûre d'avoir raison, cet abruti lui avait fichu des doutes ! Voilà qu'elle tremblait de peur, désormais !

Soudain une main se posa sur son épaule. Elle sursauta.

Le chef des secouristes la fixait avec une mine de cocker battu.

– Il va falloir être courageuse, madame.

– Comment est-il ? cria Gabrielle, déchirée par l'angoisse.

– Il est mort, madame.

Gabrielle poussa un hurlement. Dix personnes se précipitèrent sur elle pour l'apaiser, la consoler. Sans vergogne, elle cria et sanglota, bien décidée à se purger de ses émotions : ouf, il ne s'en était pas sorti, il ne parlerait pas, le béat de service lui avait flanqué la trouille pour rien !

Alentour, on la plaignait. Quelle suave volupté, celle de l'assassin tenu pour une victime… Elle s'y consacra jusqu'au repas du soir que, naturellement, elle refusa de prendre.

À neuf heures, la police revint vers elle pour lui expliquer qu'on devait l'interroger. Quoiqu'elle jouât l'étonnement, elle s'y attendait. Avant de passer à l'acte, elle avait répété son témoignage, lequel devait persuader qu'il s'agissait d'un accident et réfuter les doutes qui pèsent d'abord sur le conjoint lors d'un décès.

On l'emmena dans un commissariat de crépi rose où elle raconta sa version des événements en observant un calendrier qui présentait trois chatons ravissants.

Bien que ses interlocuteurs s'excusassent de lui infliger telle ou telle question, elle continuait comme si elle n'imaginait pas une seconde qu'on la soupçonnât de quoi que ce soit. Elle amadoua chacun, signa le procès-verbal et rentra à l'hôtel pour passer une nuit paisible.

Le lendemain, ses deux filles et son fils débarquèrent, flanqués de leurs conjoints, et, cette fois-ci, la situation l'embarrassa. Devant le chagrin de ses enfants aimés, elle éprouva un authentique remords, pas le regret d'avoir tué Gab, mais la honte de leur infliger cette peine. Quel dommage qu'il fût aussi leur père ! Quelle bêtise qu'elle ne les ait pas conçus avec un autre pour leur éviter de pleurer celui-là… Enfin, trop tard. Elle se réfugia dans une sorte de mutisme égaré.

Seul intérêt pratique de leur présence : ils allèrent reconnaître le cadavre à la morgue afin d'épargner leur mère. Ce qu'elle apprécia.

Ils tentèrent aussi d'intercepter les articles de la presse régionale relatant la chute tragique, n'imaginant pas que ces titres « Mort accidentelle d'un randonneur » ou « Victime de son imprudence » réjouissaient Gabrielle parce qu'ils lui confirmaient, noir sur blanc, la mort de Gab et son innocence à elle.

Un détail pourtant lui déplut : au retour de l'institut médico-légal, sa fille aînée, les yeux rougis, se crut obligée de glisser à l'oreille de sa mère : « Tu sais, Papa, même mort, était très beau. » De quoi se mêlait-elle, cette gamine ? La beauté de Gab, ça ne concernait que Gabrielle ! Gabrielle exclusivement ! N'avait-elle pas assez souffert à cause de cela ?

Après cette remarque, Gabrielle se ferma jusqu'à la fin des funérailles.

Lorsqu'elle retourna chez elle, à Senlis, les voisins et les amis vinrent présenter leurs condoléances. Si elle accueillit les premiers avec plaisir, elle s'exaspéra vite de devoir répéter le même récit et écouter, en écho, des banalités identiques. Derrière un visage triste, résigné, elle bouillait de colère : à quoi bon se débarrasser de son mari pour parler de lui sans cesse ! D'autant qu'elle était impatiente de filer au troisième étage, de défoncer le mur, de fouiller sa cachette et de découvrir ce qui la tourmentait. Vivement qu'on la laisse seule !

Leur hôtel particulier, proche de l'enceinte fortifiée, ressemblait aux châteaux dessinés dans les livres de contes, multipliant, sous le fouillis des rosiers grimpants, les tourelles, les créneaux, les meurtrières, les balcons sculptés, les rosaces décoratives, les envols de marches, les fenêtres aux pointes gothiques et aux vitres colorées. Avec l'expérience, Gabrielle s'appuyait sur les exclamations de ses visiteurs pour déterminer leur degré d'inculture et les avait classés en quatre catégories, du barbare au barbant. Le barbare jetait un œil hostile aux murs en grommelant : « C'est vieux, ici » ; le barbare se croyant cultivé murmurait : « C'est du Moyen Âge, non ? » ; le barbare vraiment cultivé décelait l'illusion : « Style médiéval construit au

XIXe siècle ? » ; enfin le barbant criait : « Viollet-le-Duc ! » avant d'ennuyer tout le monde en commentant chaque élément que le fameux architecte et son atelier avaient pu déformer, restituer, inventer.

Une telle résidence n'avait rien de surprenant à Senlis, village de l'Oise, au nord de Paris, qui rassemblait sur sa crête maintes demeures historiques. À côté de pierres datant de Jeanne d'Arc ou de bâtisses édifiées aux XVIIe et XVIIIe siècles, celle de Gabrielle apparaissait même comme l'une des moins élégantes car récente – un siècle et demi – et d'un goût discuté. Néanmoins, leur couple y avait vécu depuis qu'elle l'avait héritée de son père et Gabrielle trouvait amusant que ses murs la dénoncent comme appartenant aux « nouveaux riches », elle qui ne s'était jamais estimée ni riche ni nouvelle.

Au troisième niveau de cette habitation qui aurait enchanté Alexandre Dumas ou Walter Scott, une pièce appartenait à Gab. Après leur mariage, il avait été convenu, afin qu'il se sentît chez lui bien qu'il s'installât chez elle, qu'il aurait la jouissance totale de cette partie sans que Gabrielle ne la lui disputât ; elle avait la permission de venir l'y rejoindre lorsqu'il s'y attardait, sinon elle ne devait pas s'y rendre.

Le lieu ne présentait rien d'exceptionnel – des livres, des pipes, des cartes, des mappemondes –, offrait un confort minimal – des fauteuils de cuir défoncés – mais comportait un orifice dans l'épais mur, obstrué par une trappe verticale. Gab l'avait ménagé vingt ans plus tôt en retirant des briques. Quand il y ajoutait un objet, il maçonnait de nouveau la surface avec un crépi afin de camoufler le réduit aux regards. À cause de ces précautions, Gabrielle savait qu'elle n'aurait pu être indiscrète sans en fournir la preuve. Par amour d'abord, par crainte ensuite, elle avait donc toujours respecté le secret de Gab. Souvent, il s'en amusait et la plaisantait, testant sa résistance…

Désormais, plus rien ne s'opposait à ce qu'elle détruise le revêtement.

Les trois premiers jours, elle aurait jugé indécent de saisir un marteau et un pied-de-biche ; de toute façon, vu l'afflux de visiteurs, elle n'en eut pas le temps. Le quatrième, notant que ni le téléphone ni la cloche extérieure ne retentissaient, elle se promit, après un tour à son magasin d'antiquités, trois cents mètres plus loin, de rassasier sa curiosité.

Presque à la sortie de la ville, l'enseigne « G. et G. de Sarlat » en lettres dorées annonçait, sobre, une boutique d'antiquités comme la région les aimait, c'est-à-dire un lieu où l'on chinait aussi bien des pièces importantes – buffets, tables, armoires – pour meubler les vastes résidences secondaires que des bibelots – lampes, miroirs, statuettes – pour décorer des intérieurs constitués. Aucun style particulier n'était représenté ici, la plupart l'étaient, y compris en d'épouvantables imitations, pourvu qu'elles aient plus de cent ans.

Les deux employés la mirent au courant des mouvements de pièces pendant les vacances fatales en Savoie puis Gabrielle rejoignit sa comptable. À l'issue d'une brève consultation, elle parcourut le magasin qui s'était rempli de commères depuis qu'on avait appris dans les rues alentour que « cette pauvre madame Sarlat » s'y trouvait.

Elle tressaillit en apercevant Paulette parmi elles.

– Ma pauvre cocotte, s'exclama Paulette, si jeune et déjà si veuve !

Paulette chercha un cendrier où poser la cigarette fumante qu'elle avait maculée d'orange à lèvres, n'en rencontra pas, l'éteignit donc sous son talon vert, sans se soucier de brûler le linoléum, et s'avança, théâtrale, vers Gabrielle en ouvrant les bras.

– Ma pauvre chérie, je suis si malheureuse de te voir malheureuse.

Gabrielle se laissa embrasser en tremblant.

Paulette demeurait la seule femme qu'elle redoutait tant celle-ci lisait la vérité dans les êtres. Considérée par beaucoup comme la pire langue de vipère, elle avait le don de traverser les parois des crânes avec un rayon laser, son regard insistant, ses yeux globuleux, pour tourner ensuite des phrases qui pouvaient démolir à jamais la réputation d'un individu.

Le temps de l'étreinte, Gabrielle s'asphyxia en mangeant quelques cheveux jaunes et secs de Paulette, épuisés par des décennies de teintures et de mises en plis, puis affronta avec bravoure ce visage luisant d'une crème bistre.

– Dis-moi, la police t'a interrogée ? Ils t'ont demandé si tu l'avais tué, bien sûr ?

« Voilà, songea Gabrielle, elle se doute déjà que c'est moi. Elle ne perd pas de temps, elle attaque aussitôt. »

Gabrielle acquiesça en pliant le cou. Paulette réagit en hurlant :

– Les salauds ! Te contraindre à ça, toi ! Toi ! Toi qui étais folle de ton Gab, qui bouffais la moquette depuis trente ans devant lui ! Toi qui te serais fait opérer en n'importe quoi s'il te l'avait demandé, en homme ou en souris ! Ne m'étonne pas ! Des salauds ! Tous des salauds ! Sais-tu ce qu'ils m'ont fait, à moi ? Quand

j'élevais mon second, Romuald, j'avais dû un jour
l'amener à l'hôpital parce que le gamin s'était fichu des
bleus en ratant sa sortie de bain ; figure-toi que la police
est venue me chercher aux urgences pour me demander si je ne l'avais pas maltraité ! Si ! Ils m'ont traînée
au poste ! En garde à vue ! Moi ! Quarante-huit heures
ça a duré. Moi, la mère, je passais pour une coupable
alors que j'avais conduit mon gosse à l'hôpital ! Les
porcs ! Ils t'ont infligé le même sort ?

Gabrielle comprit que Paulette, loin de la suspecter,
se rangeait de son côté. Elle lui donnait sa sympathie
d'ex-victime. Pour elle, toute femme interrogée par la
police devenait de suite, par analogie avec son cas, une
innocente.

– Oui, moi aussi. Le soir même.

– Les chacals ! Combien de temps ?

– Plusieurs heures !

– Bande de rats ! Mon pauvre poussin, ça t'a humi-
liée, hein ?

Paulette, offrant à Gabrielle la tendresse qu'elle
éprouvait pour elle-même, écrasa de nouveau son amie
contre elle.

Soulagée, Gabrielle lui permit de vitupérer un bon
moment puis retourna à la maison pour s'attaquer à la
cachette de Gab.

À midi, elle gravit les marches, outils en main, et
commença à détruire les protections. La planche sauta,
découvrant un espace où quatre coffrets avaient été
empilés.

Elle approcha une table basse et les y déposa. Si
elle ignorait ce qu'ils contenaient, elle reconnaissait
les emballages, des grandes boîtes de biscuits en métal
dont les étiquettes, quoique mangées par le temps et

l'humidité, indiquaient « Madeleines de Commercy », « Bêtises de Cambrai », « Coussins de Lyon » ou autres confiseries.

Elle entrouvrait un couvercle quand la cloche d'entrée la dérangea.

Quittant son travail en friche, elle ferma la porte en abandonnant la clé sur la serrure puis descendit ouvrir, décidée à dégager prestement le fâcheux.

– Police, madame ! Pouvons-nous entrer ?

Plusieurs hommes aux mâchoires sévères se tenaient sur le perron.

– Bien sûr. Que voulez-vous ?

– Êtes-vous Gabrielle de Sarlat, épouse de feu Gabriel de Sarlat ?

– Oui.

– Veuillez nous suivre, s'il vous plaît.

– Pourquoi ?

– Vous êtes attendue au commissariat.

– Si c'est pour me poser des questions sur l'accident de mon mari, cela a été fait par vos collègues savoyards.

– Il ne s'agit plus de la même chose, madame. Vous êtes suspectée d'avoir tué votre mari. Un berger vous a vue le pousser dans le vide.

Après dix heures de garde à vue, Gabrielle hésitait à déterminer qui elle détestait le plus, le commissaire ou son avocat. Peut-être aurait-elle excusé le commissaire… Lorsque celui-ci la tourmentait, il se contentait d'accomplir son métier, il n'y ajoutait ni vice ni passion, il essayait honnêtement de la transformer en coupable. En revanche, son avocat la troublait car il voulait savoir. Or elle le payait pour croire, pas pour savoir ! Ce qu'elle

achetait, c'était sa science des lois, sa pratique des tribunaux, son énergie à la défendre ; elle se moquait qu'il
connût ou pas la vérité.

Dès qu'ils avaient été seuls, Maître Plissier, brun
quadragénaire au physique avantageux, s'était penché
sur sa cliente d'un air important en prenant une voix
grave, le genre de voix qu'on attribue aux cow-boys
héroïques dans les westerns américains doublés :

– Maintenant, à moi et rien qu'à moi, confiez la
vérité, madame Sarlat. Ça ne sortira pas d'ici. Avez-
vous poussé votre mari ?

– Pourquoi aurais-je fait ça ?

– Ne me répondez pas par une question. L'avez-
vous poussé ?

– C'était ma réponse « pourquoi aurais-je fait ça ? ».
On m'accuse d'un acte qui n'a aucun sens. J'aimais
mon mari. Nous étions heureux ensemble depuis trente
ans. Nous avons eu trois enfants qui peuvent en témoigner.

– Nous pouvons plaider le crime passionnel.

– Le crime passionnel ? À cinquante-huit ans ?
Après trente ans de mariage ?

– Pourquoi pas ?

– À cinquante-huit ans, monsieur, si on s'aime
encore, c'est qu'on s'aime bien, sur un mode lucide,
harmonieux, dépassionné, sans excès, sans crise.

– Madame Sarlat, cessez de m'expliquer ce que je
dois penser mais dites-moi plutôt ce que vous pensez.
Vous auriez pu être jalouse.

– Ridicule !

– Il vous trompait ?

– Ne le salissez pas.

– Qui hérite de votre mari ?

– Personne, il ne possédait rien. Tout le capital m'appartient. De plus, nous étions mariés sous le régime de la séparation de biens.

– Pourtant, il a un patronyme de bonne famille...

– Oui, Gabriel de Sarlat, ça impressionne toujours. On croit que j'ai épousé une fortune alors que j'ai juste décroché une particule. Mon mari n'avait pas un sou et n'a jamais vraiment su gagner de l'argent. Notre patrimoine vient de moi, de mon père plutôt, Paul Chapelier, le chef d'orchestre. La disparition de mon mari n'améliore pas ma situation financière ; elle ne change rien, voire la gêne car c'est lui qui transportait en camionnette les antiquités que nous vendions au magasin et que, si je veux continuer, je devrai engager un employé supplémentaire.

– Vous n'avez pas répondu à ma question.

– Je ne fais que ça, monsieur.

– Maître...

– Ne soyez pas ridicule. Je n'ai aucun intérêt à la mort de mon mari. Lui en aurait peut-être eu davantage à la mienne.

– Est-ce lui qui, dans cette intention, a essayé de vous pousser ?

– Vous êtes fou ?

– Réfléchissez. Nous pourrions accréditer cette thèse, un combat entre vous. Sur ce chemin de montagne, il décide de vous supprimer pour s'emparer de votre argent. En le repoussant, vous avez cédé à la légitime défense.

– Séparation de biens ! Il n'aurait rien touché à ma mort, pas plus que moi à la sienne. Et pourquoi inventez-vous des scénarios pareils ?

– Parce qu'un homme vous a vue, madame ! Le

berger qui gardait son troupeau raconte que vous vous êtes précipitée sur votre mari et que vous l'avez poussé dans le vide.

– Il ment !

– Quel intérêt aurait-il à mentir ?

– C'est extraordinaire, ça… Moi, quand j'avance que je n'ai aucun intérêt à tuer mon mari que j'aimais, vous doutez, tandis que vous croyez le berger sous prétexte que lui n'a aucun intérêt à mentir ! Deux poids, deux mesures ! Par qui êtes-vous engagé ? Par le berger ou bien par moi ? C'est ahurissant ! Je peux vous donner cent raisons, moi, pour que votre berger mente : se rendre intéressant, devenir le héros de son canton, se venger d'une femme ou de plusieurs à travers moi, foutre la merde pour le plaisir de foutre la merde ! Et puis, à quelle distance se trouvait-il ? Cinq cents mètres ? Huit cents mètres ? Deux kilomètres ?

– Madame de Sarlat, n'improvisez pas ma plaidoirie à ma place. Nous avons contre nous un témoignage accablant : il vous a vue !

– Eh bien moi, je ne l'ai pas vu.

Maître Plissier s'arrêta pour dévisager Gabrielle. Il s'assit à côté d'elle et se passa la main sur le front, soucieux.

– Dois-je prendre cela pour un aveu ?

– Quoi ?

– Vous avez regardé autour de vous avant de pousser votre mari et vous n'avez remarqué personne. C'est bien cela que vous êtes en train de me confesser ?

– Monsieur, je suis en train de vous indiquer qu'après la chute de mon mari, j'ai regardé partout et appelé à grands cris car je cherchais du secours. Votre fameux berger ne s'est pas montré, ne m'a pas répondu.

C'est curieux, ça, tout de même ! S'il avait prévenu les guides ou s'il était allé aux pieds de mon mari, peut-être que… Quand il me charge, n'est-ce pas pour se protéger lui ?

– De quoi ?

– Non-assistance à personne en danger. Je parle de mon mari. Et de moi, accessoirement.

– Pas mauvais comme idée pour retourner la situation, cependant je me réserve ce genre d'argumentation. Ce serait louche dans votre bouche.

– Ah bon ? On m'accuse d'une monstruosité mais il ne faudrait pas que j'aie l'air trop maligne, c'est agréable !

Elle feignit l'irritation quoiqu'au fond elle fût contente d'avoir compris comment manipuler son avocat.

– Je vais le traîner devant les tribunaux, ce berger, moi !

– Pour l'instant, c'est vous qui êtes mise en examen, madame.

– J'ai dû dévaler la montagne pendant des heures pour croiser des randonneurs et alerter les secours. Votre berger, s'il a vu mon mari tomber, pourquoi il n'est pas allé le soutenir ? Pourquoi il n'a prévenu personne ? Parce que si on avait réagi à temps, mon mari serait peut-être encore vivant…

Puis, excédée d'accomplir la besogne de l'avocat à sa place, elle décida de piquer une crise de larmes et sanglota une bonne dizaine de minutes.

À l'issue de ces convulsions, Maître Plissier, touché, se mit dès lors à créditer tous ses propos. Elle le méprisa davantage pour ce revirement : se laisser abuser par des sanglots, quel balourd ! Au fond, devant une femme résolue, il n'y avait pas sur terre un homme plus malin qu'un autre.

Le commissaire revint et commença son interrogatoire. Il tourna autour des mêmes points ; Gabrielle, de façon moins coupante qu'avec son avocat, répondit à l'identique.

Comme le commissaire était plus astucieux que l'avocat, après avoir exclu les mobiles d'intérêt, il revint sur le couple que Gabrielle formait avec Gab.

– Soyez franche, madame Sarlat, votre époux ne voulait-il pas vous quitter ? Avait-il une maîtresse ? Des maîtresses ? Votre relation était-elle aussi satisfaisante qu'avant ? N'aviez-vous aucun motif de reproche à son égard ?

Gabrielle comprit que son sort se jouerait sur cette zone d'ombre et adopta une tactique qu'elle conserva jusqu'au bout.

– Je vais vous déclarer la vérité, monsieur le commissaire : Gab et moi, nous étions le couple le plus chanceux de l'univers. Il ne m'a jamais trompée. Je ne l'ai jamais trompé. Essayez de trouver quelqu'un qui dise le contraire : c'est impossible. Non seulement j'aimais plus que tout au monde mon mari mais je ne guérirai pas de sa mort.

Si Gabrielle avait aperçu, à cet instant, où la mènerait quelques mois plus tard ce système de défense, peut-être n'aurait-elle pas été si fière de son idée…

Deux ans et demi.

Gabrielle passa en détention préventive deux ans et demi à attendre son procès.

Plusieurs fois, ses enfants tentèrent d'obtenir la

liberté provisoire en arguant de la présomption d'innocence mais la justice refusa pour deux raisons, l'une essentielle, l'autre contingente : la première était le témoignage à charge du berger, la deuxième des polémiques amplifiées par les journaux concernant le laxisme des magistrats.

Malgré la dureté de la prison, Gabrielle ne déprimait pas. Après avoir attendu d'être délivrée de son mari, elle attendait d'être délivrée de cette accusation. Elle avait toujours été patiente – qualité nécessaire lorsqu'on travaille dans le commerce des antiquités – et refusait d'être entamée par cet accident de parcours.

De sa cellule, elle songeait souvent aux quatre boîtes qu'elle avait laissées sur la table basse, les boîtes contenant le secret de Gab... Quelle ironie ! Alors qu'elle avait entrepris ces actes pour les ouvrir, voilà qu'on l'avait arrêtée la main sur le couvercle. Sitôt qu'elle sortirait blanchie par les tribunaux, elle irait découvrir le mystère des boîtes à biscuits. Ce serait sa récompense.

Selon Maître Plissier, le procès s'annonçait sous une lumière favorable : les éléments de l'enquête allaient dans leur sens ; tous les témoins, à l'exception du berger, devenaient des témoins à décharge, se rangeant derrière le banc de la défense ; et, du commissaire au juge d'instruction, Gabrielle s'était montrée de plus en plus persuasive à mesure que les interrogatoires se succédaient.

Car Gabrielle savait parfaitement comment bien mentir : il suffisait de dire la vérité. Elle l'avait appris de son père, Paul Chapelier, qu'elle accompagnait, enfant, dans ses déplacements professionnels. Lorsque ce talentueux chef d'orchestre ne dirigeait pas lui-même les musiciens, il assistait à des concerts à l'issue desquels sa notoriété l'obligeait à passer en coulisses pour complimenter les artistes. Soucieux de ne pas froisser des collègues avec lesquels il avait joué ou pourrait jouer, il choisissait de ne formuler que ce qu'il avait apprécié ; virant les critiques négatives, il n'échangeait que sur les points positifs et, s'il n'y avait qu'un seul misérable détail digne de louange, il s'en emparait, l'amplifiait, le développait. Il ne mentait donc jamais, sinon par omission. Dans ses conversations, les interprètes le sentaient sincère et restaient libres de comprendre davantage, les prétentieux le donnant pour enthousiaste et les lucides prisant sa courtoisie. Paul Chapelier répétait à sa fille : « Je n'ai pas assez de mémoire pour faire un bon menteur. » En ne livrant que la vérité et en évitant de s'épancher sur ce qui fâche, il avait réussi à ne pas se contredire et à collectionner les amis dans un milieu pourtant cannibale.

Gabrielle avait adopté sa méthode durant ces deux ans et demi. Pour parler de Gab, elle ne se remémorait que la période radieuse, la période d'amour intense et partagé. Lui s'appelait Gabriel, elle Gabrielle ; ensemble ils devinrent Gab et Gaby. Les hasards de la vie et de l'état civil leur firent un cadeau rare, porter, après mariage, le même nom à la syllabe près, Gabriel (le) de Sarlat. Selon elle, cette identité commune exprimait la force de leur couple, l'indestructibilité de leur union. À ces fonctionnaires payés pour l'écouter, Gabrielle racontait son coup de foudre immédiat pour ce jeune homme qu'elle trouva timide alors qu'il n'était que bien élevé, leur long flirt, leurs escapades, la demande en mariage embarrassée au père artiste que le garçon admirait, la cérémonie à l'église de la Madeleine où retentit un orchestre symphonique au complet.

Sans qu'on l'en priât, elle évoquait son attraction inentamée pour ce corps net, élégant, jamais guetté par la graisse ni l'épaississement après cinquante ans, comme si la minceur était une qualité aristocratique livrée avec la particule. Elle égrenait leur bonheur en un interminable chapelet, les enfants, les mariages des enfants, les naissances de petits-enfants, et, malgré le temps qui s'écoule, un homme au physique intact, aux sentiments intacts, au regard intact sur elle, toujours empressé, respectueux et désirant. De temps en temps, elle se rendait compte qu'elle provoquait un malaise chez ses auditeurs, un trouble qui tenait de l'envie ; un jour, le juge d'instruction alla jusqu'à soupirer :

– C'est trop beau pour être vrai, madame, ce que vous me racontez.

Elle le considéra avec compassion et murmura :

– Avouez plutôt que c'est trop beau pour vous, monsieur.

Gêné, il n'insista pas. D'autant que les proches du couple, enfants, gendres, bru, amis, voisins, confirmèrent cet amour idyllique. Pour clore le dossier d'instruction, l'inculpée passa deux fois au détecteur de mensonge avec succès.

La détention avait instauré une solitude chez Gabrielle dont elle ne s'échappait qu'en rejoignant ses souvenirs. Du coup, Gab avait pris une place accrue et insensée dans sa nouvelle vie de prisonnière : soit elle parlait de lui, soit elle pensait à lui. Qu'elle fût isolée ou en compagnie, il était là, lui et lui seul, bienveillant, réconfortant. Fidèle.

Le problème, c'est qu'à force de ne dire que des choses vraies, on finit par les croire. En occultant les trois dernières années de sa vie avec Gab, en ne dévoilant que vingt-sept ans de félicité, Gabrielle comprenait de moins en moins ce qui s'était passé, ce qui l'avait changée. Tout juste si elle se souvenait du « déclic », cette phrase qui l'avait alertée... Mieux valait ne plus y penser, d'ailleurs, à quoi bon ! La Gaby qui, à cause du « déclic », avait été capable de tuer son mari, cette femme-là, la meurtrière, elle ne devait plus exister jusqu'à l'acquittement ; Gabrielle la noya donc dans un puits d'oubli, se coupa des mobiles et raisons qui l'avaient conduite à trucider Gab, et condamna cette zone de son esprit en elle.

À force de l'évoquer, elle redevenait la Gabrielle amoureuse et aimée, incapable de porter la main sur cet homme. Telle une actrice qui, contrainte à fréquenter un personnage, finit par s'identifier et débarque, hallucinante de vérité, sur un plateau de cinéma, Gabrielle arriva à son procès en héroïne inconsolable victime d'une odieuse accusation.

Dès le premier jour d'audience, un consensus se dégagea en sa faveur. Au deuxième, les reporters parlaient déjà d'une imputation infondée. Au troisième, des inconnues pleuraient à chaudes larmes au dernier rang de la salle comble en prenant parti pour l'innocente bafouée. Au quatrième, ses enfants passèrent en boucle aux journaux télévisés pour exprimer leur émotion et leur indignation.

Gabrielle traversait les interrogatoires et suivait les auditions des témoins avec une attention serrée ; elle veillait à ce que rien, ni chez elle ni chez les autres, n'entamât la version qu'elle avait construite ; on aurait cru un compositeur scrupuleux assistant aux répétitions de son œuvre, la partition sur les genoux.

Comme prévu, le berger se révéla assez catastrophique lors de son témoignage. Non seulement il parlait un français approximatif – or, dans ce pays, une faute de syntaxe ou de vocabulaire ne trahit pas qu'un manque d'éducation, elle révèle une agression contre la société entière, elle s'assimile à un blasphème craché au culte national de la langue –, mais il se plaignit d'avoir dû avancer l'argent de son billet pour « monter sur Compiègne », et grommela un bon quart d'heure sur ce thème. Questionné par Maître Plissier, il commit ensuite la maladresse d'avouer reconnaître Gabrielle de Sarlat « par sa photo dans les journaux » puis n'apporta que des explications odieuses sur sa mollesse à secourir le corps, « c'est sûr qu'après une chute pareille, ça ne pouvait être que de la charpie, pas besoin d'aller vérifier, je ne suis pas con, quand même ».

En dehors du berger, tout corroborait l'innocence de Gabrielle. L'avant-dernier jour, elle se détendit un peu. Du coup, lorsque le médecin de famille vint à la barre, elle ne s'attendit pas à être fauchée par l'émotion.

Le docteur Pascal Racan, fidèle ami du couple Sarlat, racontait plusieurs anecdotes anodines concernant Gab et Gaby, au milieu desquelles celle-ci :

– Rarement vu un couple aussi amoureux. Lorsque l'un d'eux entreprenait quelque chose, ce n'était pas pour lui, c'était pour l'autre. Ainsi, Gaby voulait continuer à plaire à son mari et, pour ce, pratiquait le sport, me demandait des conseils de diététique. Gab lui, quoique sec et mince, souffrait d'hypertension et s'inquiétait, non pas de cette maladie contrôlée par de bons médicaments, mais des effets du traitement. Comme vous le savez, les bêtabloquants baissent la libido, diminuent l'appétit sexuel. Il venait fréquemment m'en parler car il craignait que sa femme pense qu'il la désirait moins. Ce qui était faux, il avait juste moins envie. Jamais vu une telle angoisse chez un homme. Jamais connu quelqu'un aussi soucieux de sa compagne. Dans ces cas-là, la plupart des hommes ne pensent qu'à eux, qu'à leur santé ; et lorsqu'ils constatent que l'appétence décroît, ça les arrange, ça diminue leur taux de relations adultères, ils sont ravis de devenir plus vertueux pour des raisons médicales sans que ça leur coûte d'efforts. Gab, lui, ne songeait qu'à la réaction de Gaby.

En entendant ce détail inconnu d'elle, Gabrielle fut incapable de retenir une crise de larmes. Elle promit de se rétablir mais, bouleversée, n'y parvint pas, de sorte que Maître Plissier demanda une suspension d'audience que la cour lui accorda.

Les membres de l'assistance crurent comprendre pourquoi Gabrielle avait été émue. Celle-ci n'avoua rien à Maître Plissier mais, dès qu'elle se montra capable de parler, elle lui formula une requête :

– S'il vous plaît, je m'enfonce, je ne résiste plus… Pouvez-vous demander un service à ma fille aînée ?

– Oui.

– Qu'elle m'apporte ce soir à la prison les quatre boîtes à biscuits qui se trouvent sur une petite table basse, dans la pièce de leur père. Elle comprendra de quoi je parle.

– Il n'est pas évident qu'elle ait le droit de vous communiquer cela au parloir.

– Oh, je vous en supplie, je vais m'effondrer.

– Allons, allons, plus que vingt-quatre heures. Demain sera le dernier jour, le jour des plaidoiries. Nous serons fixés le soir.

– J'ignore ce qui sera décidé demain, vous aussi,

malgré votre confiance et votre talent. Allons, maître, s'il vous plaît, je ne peux plus tenir, je vais faire une bêtise.

– En quoi ces boîtes de biscuits…

– S'il vous plaît. Je ne supporte plus rien, je ne réponds pas de moi.

Il comprit qu'elle le menaçait, sincère, d'attenter à sa vie. Constatant son trouble, redoutant qu'elle n'aille pas jusqu'au bout d'un procès dont l'issue lui semblait victorieuse – une pierre blanche dans sa carrière –, il eut peur d'un faux pas et jura qu'il apporterait lui-même les boîtes qu'elle demandait. Tant pis, il prendrait le risque !

À sa vive surprise, car elle ne l'avait pas habitué aux effusions, il fut saisi aux épaules par Gabrielle qui l'embrassa.

L'audience reprit mais Gabrielle n'y prêta pas l'oreille, elle ne songeait qu'au témoignage du médecin, aux boîtes à secrets, au « déclic », à ce qu'elle taisait depuis deux ans et demi.

De retour dans la fourgonnette qui la ramenait à la prison, elle relâcha ses jambes et réfléchit.

À force de n'écouter que des gens qui parlaient d'elle et de lui sans savoir, elle finissait par brasser des idées confuses.

Pourquoi l'avait-elle tué ?

À cause du « déclic »… Se serait-elle trompée ?

À la prison, elle demanda la permission exceptionnelle d'aller à la douche. À cause de son comportement exemplaire et du traitement complaisant que les médias donnaient à son procès, elle l'obtint.

Elle se glissa sous l'eau presque brûlante. Se laver ! Se purifier des sottises qu'elle avait pu débiter ou entendre ces derniers jours. Repenser à ce qui s'était passé, au « déclic »…

Le « déclic » était venu de Paulette… Lorsque cette grande femme dégingandée aux traits virils vint s'établir avec son mari à Senlis, elle fréquenta souvent le magasin de Gabrielle pour meubler et décorer sa nouvelle maison. Même si, au premier abord, elle la jugea vulgaire par son apparence – autant de couleurs sur Paulette que sur un perroquet du Brésil – et par son verbe, Gabrielle se divertissait beaucoup avec cette cliente car elle appréciait son insolence, son mépris du qu'en-dira-t-on, ses reparties percutantes, incongrues mais pertinentes. Plusieurs fois, elle la défendit contre son personnel ou des chalands effarouchés. Elle lui accorda un crédit particulier : la nouvelle venue avait le don de repérer les coups tordus. Méfiante et perspicace, Paulette attira son attention sur un trafic de fausses opalines, puis sur un gang qui démontait les cheminées anciennes ; enfin et surtout, elle repérait d'un seul coup d'œil les vices et les secrets des villageois, dépravations obscures que Gabrielle soit méconnaissait, soit avait mis des années à découvrir. Éblouie par la clairvoyance de Paulette, Gabrielle aimait passer du temps avec elle, assise sur les fauteuils à vendre.

Un jour, alors qu'elles bavardaient, Gabrielle remarqua l'œil noir de Paulette qui, de côté, tel celui d'un oiseau, suivait par accrocs les mouvements d'un intrus. L'objet de scrutation était Gab, que Paulette n'avait encore pas rencontré. Amusée d'apprendre ce qu'elle en dirait, Gaby ne lui signala pas que son mari adoré venait de débouler au magasin.

Si la conversation roulait, Gabrielle saisissait bien que Paulette ne perdait pas une miette des déplacements, des attitudes et réflexions de Gab.

– Qu'en penses-tu ? demanda soudain Gabrielle en lançant un clin d'œil en direction de Gab.

– Celui-là ? Oh là là, c'est le parfait faux cul. Trop poli pour être honnête. Hypocrite de chez hypocrite. Avec mention spéciale et compliments de la maison.

Gabrielle fut si déconcertée qu'elle demeura bouche ouverte jusqu'à ce que Gab se précipitât vers elle, l'embrassât puis saluât Paulette.

Dès qu'elle comprit sa bévue, celle-ci changea d'attitude, s'excusa le lendemain de sa réflexion auprès de Gabrielle, mais il était trop tard : le ver s'était introduit dans le fruit.

À partir de cet instant, jour après jour, l'œil que porta Gaby sur Gab changea. Si Paulette avait affirmé cela, il y avait une cause : elle ne se trompait jamais ! Gaby observa Gab comme s'il lui était devenu étranger, s'efforçant d'oublier tout ce qu'elle savait de lui, ou ce qu'elle croyait savoir. Pis, elle tenta de justifier le jugement de Paulette.

À son extrême surprise, ce ne fut pas difficile.

Gab de Sarlat, poli, courtois, habillé avec un goût négligé dans le style gentleman-farmer, disponible pour rendre service, assidu aux offices religieux, peu enclin aux excès de langage ou de pensée, pouvait fasciner autant qu'horripiler. Traditionnel dans ses sentiments, ses discours et son comportement – voire son physique –, il attirait les gens pour les mêmes raisons qu'il en éloignait d'autres, certes peu nombreux : il avait l'air parfait, idéal.

Suspecté par l'instinct de la féroce Paulette, il posa soudain à Gabrielle le même problème que deux ou trois meubles dans sa vie d'antiquaire : original ou imitation ? Soit on voyait en lui un honnête homme soucieux de son prochain, soit on y repérait une imposture.

En quelques semaines, Gabrielle se convainquit qu'elle vivait avec une escroquerie. En prenant une à une les qualités de Gab, elle retournait la carte et découvrait le défaut. Son calme ? La carapace d'un hypocrite. Sa galanterie ? Une façon de canaliser une libido débordante et d'attirer de futures proies. Sa gentillesse envers les sautes d'humeur qui affectaient Gabrielle ? Une indifférence abyssale. Son mariage d'amour, union osée d'un noble avec une roturière ? Un contrat d'argent. Sa foi catholique ? Un costume de tweed en plus, un habit de respectabilité. Ses valeurs morales ? Des mots pour masquer ses pulsions. Soudain, elle soupçonna que l'aide qu'il apportait au magasin – les transports de meubles, soit lors de l'acquisition, soit lors de la livraison – n'était qu'un alibi destiné à lui déblayer du temps libre, assurer des déplacements discrets. Et s'il rejoignait des maîtresses à ces occasions ?

Pourquoi, après vingt-sept ans de confiance amoureuse, Gabrielle se laissa-t-elle gangrener par le doute ? Le poison instillé par Paulette n'expliquait pas tout ; sans doute Gabrielle avait-elle du mal, l'âge venant, à affronter les modifications de son corps, l'empâtement contre lequel elle luttait, les rides qui s'approfondissaient, la fatigue plus lourde, l'éclatement de vaisseaux sanguins sur ses jambes naguère si belles… Si elle douta facilement de Gab, ce fut aussi parce qu'elle doutait d'elle, de ses attraits. Elle s'emportait contre lui parce qu'il vieillissait mieux qu'elle, parce qu'il plaisait toujours, parce que les jeunes filles lui souriaient avec plus de spontanéité que les jeunes hommes à Gabrielle. En société, sur la place du marché, à la plage ou dans les rues, il était encore remarqué alors que Gabrielle se trouvait transparente.

Quatre mois après le « déclic » de Paulette, Gabrielle ne supportait plus Gab. Elle ne se supportait pas davantage : chaque matin, son miroir lui présentait une étrangère qu'elle détestait, une femme large au cou épais, à la peau couperosée, aux lèvres crevassées, aux bras mous, affectée d'un épouvantable bourrelet sous son nombril que, même en s'affamant, elle n'arrivait pas à diminuer, ses régimes ne contribuant pas à la rendre enjouée. Elle n'allait pas gober que Gab aimait ça ! Qui pouvait aimer ça ? Personne !

Du coup, toutes les douceurs – sourires, attentions, amabilités, gestes tendres – que Gab avait pour elle le reste du jour la blessaient. Quel hypocrite ! Paulette avait tiré dans le mille : un faux cul de la Maison Faux Cul, exemplaire certifié conforme ! Il finit par la dégoûter. Comment peut-on se montrer si mielleux ?

Le seul moment où il ne feignait pas, c'était lorsqu'il s'exclamait, quoique sur un ton affectueux, « ma vieille ». Ça, allez comprendre pourquoi, ça lui échappait ! Gabrielle haïssait ces occasions ; à chaque fois, son dos frémissait comme si on la fouettait.

Elle commença à songer au divorce. Cependant, lorsqu'elle s'imaginait devant un avocat ou ses enfants pour justifier la séparation, elle réalisait qu'elle manquait d'arguments recevables. Ils allaient s'opposer :

Gab est merveilleux, comment peux-tu énoncer des bêtises pareilles ? Sa fille aînée serait capable de l'envoyer chez un psychiatre – elle envoyait ses enfants chez le psychiatre. Il fallait s'y prendre autrement.

Elle décida de réunir des preuves contre Gab. « Les hommes, avait clamé la péremptoire Paulette, il faut les pousser à bout pour voir ce qu'ils ont dans le moteur. » Variant d'avis sur tout, désirant fréquenter tel restaurant puis refusant, chamboulant à quinze reprises la date ou la destination des vacances, elle multiplia les caprices pour le débusquer et obtenir qu'il sortît de ses gonds. En vain, à chaque occasion, il se pliait à sa nouvelle exigence. Au plus parvint-elle à déclencher un soupir, une lueur de fatigue au fond de ses prunelles le soir où elle se révéla fort odieuse. « Qu'est-ce qu'il a dans la culotte ? » aurait dit Paulette. Ce fut la question qu'elle se posa alors. Au lit, depuis quelque temps, s'ils échangeaient des gestes tendres, plus grand-chose ne se produisait. Certes elle en avait moins envie qu'auparavant, estimant qu'ils avaient copulé à foison et qu'après des décennies, remettre ça, c'est comme passer des vacances au même endroit : lassant. Si elle s'en était accommodée, elle réfléchit et se demanda si cette paix n'avait pas une autre signification pour lui. Ne profitait-il pas de ses excursions en camionnette pour la tromper ? Du coup, elle s'imposa lors de ses voyages. Il s'en déclara ravi et devisa avec entrain pendant les centaines de kilomètres qu'ils parcoururent ensemble ces semaines-là. À deux reprises, il lui proposa de s'arrêter pour faire l'amour, une fois à l'arrière de la voiture, une autre au milieu d'un pré. Bien qu'elle acceptât, elle en fut catastrophée. C'était la preuve ! La preuve qu'en déplacement, il avait l'habitude d'assouvir ses besoins sexuels.

Elle cessa de participer aux expéditions et s'assombrit, communiquant de moins en moins, sauf avec Paulette. Celle-ci se révélait intarissable sur les trompeurs masculins.

– En ce moment, ces crétins sont piqués par leurs femmes parce qu'elles regardent les appels qu'ils composent ou reçoivent sur leur téléphone portable. Je m'attends à ce que les détectives privés défilent dans la rue pour protester contre le tort que le portable occasionne à leur chiffre d'affaires, rayon adultère.

– Et quand l'homme n'a pas de portable ? demanda Gabrielle en songeant à Gab qui refusait qu'elle lui en offrît un.

– L'homme qui n'a pas de portable, méfiance ! Méfiance absolue ! Celui-là, c'est le roi des rois, l'empereur des enfoirés, le prince des abuseurs. Celui-là, il travaille à l'ancienne, il ne veut pas être découvert, il se sert des cabines téléphoniques qui ne laissent pas de traces. Il sait que l'adultère n'a pas été créé avec le portable et il continue les combines éprouvées qu'il a peaufinées pendant des années. Celui-là, c'est le James Bond de la saillie illégitime : tu le traques mais tu ne le coinces pas. Bon courage !

Dès lors, Gabrielle développa une obsession relative à la cachette du troisième étage. Les secrets de Gab devaient être là, les preuves de sa perversité aussi. Plusieurs fois elle s'y rendit avec des outils, désireuse de défoncer le mur ; chaque fois la honte la retint. Plusieurs fois elle essaya d'entortiller Gab en réalisant un numéro de séduction dont le but consistait à le décider à l'ouvrir ; chaque fois, il inventait un nouvel argument pour se dérober : « Il n'y a rien dedans », « Tu vas te moquer de moi », « Il sera toujours assez tôt pour que tu le découvres », « N'ai-je pas droit à mes petits secrets ? », « Ça te concerne mais je ne veux pas que tu saches. » Ces refus contradictoires les uns avec les autres agaçaient Gabrielle au plus haut point, jusqu'à ce qu'il prononçât cette phrase : « Tu le découvriras après ma mort, ce sera bien assez tôt. »

Cet avertissement l'indigna ! Quoi, elle devrait attendre dix ans, vingt ans, trente ans, pour avoir la preuve qu'il s'était moqué d'elle toute sa vie et qu'elle avait partagé son existence avec un arriviste sournois ! Il la provoquait ou quoi ?

– Tu es taiseuse, en ce moment, ma Gabrielle, s'exclamait Paulette lorsqu'elles prenaient un thé ensemble.

– Je ne formule jamais ce qui ne va pas. J'ai été élevée comme ça. Mon père m'a fourré dans la tête qu'on ne devait exprimer que les pensées positives ; les autres, on devait les garder pour soi.

– Foutaises ! Faut t'extérioriser, cocotte, sinon tu vas faire un cancer. Les femmes qui se taisent font des cancers. Moi, je n'aurai pas de cancer parce que je gueule et je râle toute la journée. Tant pis si j'emmerde : je préfère que ce soient les autres qui souffrent plutôt que moi.

C'est ainsi que le projet prit forme – se désengluer des doutes, donc supprimer Gab –, projet qui trouva son exécution dans les Alpes.

Les cheveux mouillés, Gabrielle fut ramenée dans sa cellule et s'effondra sur le lit pour continuer à réfléchir.

Voilà ce qui s'était passé dans son crâne pendant les trois dernières années de leur couple, voilà ce qu'elle celait à chacun, voilà comment sa vie s'était vidée de sa saveur et de son sens pour se réduire à un cauchemar continu. Au moins, tuer Gab, ce fut agir, en finir avec cette intolérable inquiétude. Elle ne le regrettait pas. Or, cet après-midi, le témoignage du médecin l'avait violentée : elle avait appris pourquoi Gab se montrait moins sensuel, et la souffrance qu'il en retirait. Cette remarque avait entaillé son bloc de convictions.

Pourquoi ne le découvrait-elle que maintenant ? Auparavant, elle croyait qu'il l'évitait pour consacrer son énergie à ses maîtresses. Cet irresponsable de docteur Racan n'aurait pas pu lui en parler plus tôt ?

– Gabrielle de Sarlat au parloir. Votre avocat vous attend.

Ça ne pouvait pas tomber mieux.

Maître Plissier avait posé sur la table les quatre boîtes en fer.

– Voilà ! Maintenant, expliquez-moi.

Gabrielle ne répondit pas. Elle s'assit et ouvrit, vorace, les couvercles. Ses doigts agitèrent les papiers qui gisaient à l'intérieur, puis en tirèrent certains pour les déchiffrer, d'autres encore, d'autres…

Après quelques minutes, Gabrielle tomba sur le sol, prostrée, suffoquant. Maître Plissier alerta les gardiennes, lesquelles l'aidèrent à déplier la prisonnière, l'obligèrent à respirer. Une civière emporta Gabrielle à l'infirmerie où on lui administra un calmant.

Une heure plus tard, ayant retrouvé son souffle, elle demanda où était passé son avocat. On l'informa qu'il était reparti avec les boîtes pour se préparer à l'audience.

Après avoir supplié qu'on lui donnât un sédatif, Gabrielle sombra dans l'inconscience. Tout plutôt que penser à ce que recelaient les coffrets métalliques.

Le lendemain, eurent lieu les plaidoiries. Gabrielle ressemblait à son vague souvenir, pâle, hagarde, l'œil humide, le teint brouillé, les lèvres exsangues. Aurait-elle voulu attendrir les jurés, elle n'aurait pu mieux s'arranger.

L'avocat général tint un réquisitoire plus volontaire que dur qui n'impressionna guère. Puis Maître Plissier, les manches frémissantes, se leva tel un soliste appelé pour son morceau de bravoure.

– Que s'est-il passé ? Un homme est mort en montagne. Éloignons-nous de l'acte et considérons les deux versions opposées qui nous réunissent devant la cour : accident, dit son épouse ; assassinat, prétend un berger inconnu. Éloignons-nous davantage, mettons-nous très loin, à peu près aussi loin que le berger, si c'est possible de distinguer quelque chose avec un tel recul, et cherchons maintenant les raisons d'un meurtre. Il n'y en a pas ! En général, il m'est difficile d'exercer ma fonction d'avocat car je défends une personne que tout accuse. Dans le cas de Gabrielle Sarlat, rien ne l'accuse, rien ! Ni motifs ni mobiles. Pas d'argent en jeu. Pas de conflits de couple. Pas de trahisons. Rien ne l'accuse sauf un. Un homme. Enfin, un homme qui vit avec les bêtes, un garçon qui ne sait ni lire ni écrire, rebelle au système scolaire, incapable de s'insérer dans la société sinon en s'en isolant. Bref, ce berger, un employé qu'il me serait aisé de charger car il a été renvoyé par différents patrons, un travailleur qui ne donne satisfaction à personne, un mâle sans femmes ni enfants, bref, ce berger l'a vue. À quelle distance se tenait-il ? Ni à deux cents mètres, ni à trois cents mètres, ce qui déjà handicaperait la vue de n'importe qui, mais à un kilomètre et demi, selon les données de la reconstitution ! Soyons sérieux, mesdames et messieurs, que voit-on à un kilomètre et demi ? Moi, rien. Lui, un crime. Fabuleux, non ? De plus, après avoir constaté l'attentat, il ne se précipite pas au chevet de la victime, il n'appelle ni les secours ni la police. Pourquoi ? Selon ses allégations, parce qu'il ne peut pas abandonner son troupeau. Voilà un individu qui assiste à l'assassinat de son prochain mais qui continue à penser que la vie d'animaux – qui finiront en brochettes – compte davantage... Je ne comprends pas cet homme, mesdames et messieurs. Ce ne serait pas grave s'il ne montrait du doigt une femme admirable, une épouse intègre, une mère accomplie, en l'incriminant de la dernière chose qu'elle eût souhaitée, la mort de son Gabriel, Gabriel surnommé Gab, l'amour de sa vie.

Il se tourna, violent, vers les bancs des jurés.

– Alors, vous m'objecterez, mesdames et messieurs les jurés, que rien n'est jamais simple ! Même si chacun témoigne de leur amour si fort et si visible, que se passait-il derrière les crânes ? Cette femme, Gabrielle de Sarlat, avait peut-être la tête pourrie de soupçons, de jalousie, de doutes. Qui nous prouve qu'elle n'avait pas déployé une névrose paranoïaque à l'égard de son conjoint ? Outre tous les témoins que vous avez entendus ici qui n'ont pas laissé la moindre prise à une telle théorie, je voudrais ajouter, mesdames et messieurs, mon propre témoignage. Savez-vous ce que cette femme a fait, hier soir ? Connaissez-vous la seule faveur qu'elle m'ait demandée en deux ans et demi de détention préventive ? Elle m'a supplié de lui apporter quatre boîtes de biscuits dans lesquelles elle entreposait, depuis trente années, leurs lettres, ainsi que les souvenirs de leur amour. Tout s'y trouve, depuis les billets de théâtre, de concert, les menus des fiançailles, des mariages ou des anniversaires, les petits mots notés au matin et déposés sur la table de la cuisine, du sublime à l'anodin, tout ! Trente ans. Jusqu'au dernier jour. Jusqu'au départ pour ces vacances tragiques. Les gardiennes vous confirmeront qu'elle a ensuite passé des heures à pleurer en songeant à celui qu'elle avait perdu. Je vous le demande et je finirai par cette question : un assassin fait-il cela ?

Gabrielle s'effondra sur sa chaise pendant que ses enfants, ainsi que les âmes les plus sensibles de l'auditoire, retenaient avec peine leurs larmes.

La cour et le jury se retirèrent pour délibérer.

Dans le couloir où elle attendait sur un banc à côté de Maître Plissier, Gabrielle songeait aux lettres qu'elle avait feuilletées la veille. Celle qui révélait que, dès leur jeunesse, il l'appelait « ma vieille » : comment avait-elle pu l'oublier et prendre ce mot pour une cruelle moquerie ? Celle où il la décrivait, vingt-cinq ans auparavant, comme « ma violente, ma sauvage, ma secrète, mon imprévisible » : voilà ce qu'il pensait de celle qui le tuerait, « violente et imprévisible », comme il avait raison, le pauvre. Ainsi, il l'avait vraiment aimée telle qu'elle était, avec son caractère emporté, ses rages, ses colères, ses cafards, ses ruminations, lui si paisible que ces tempêtes l'amusaient.

Ainsi, le secret de son mari, c'était elle.

En imagination, elle avait détruit leur amour. Hélas,

ce n'était pas en imagination qu'elle l'avait balancé dans le vide.

Pourquoi avait-elle donné tant d'importance à Paulette ? Comment avait-elle pu descendre au niveau de cette femme sordide, qui déchiffrait l'univers de façon abjecte, mesquine ? Non, trop facile, ça, d'accuser Paulette. C'était elle, la coupable. Elle, Gabrielle. Rien qu'elle. Son plus puissant argument pour perdre confiance en Gab avait été celui-ci : « Il est impossible qu'un homme aime la même femme plus de trente ans. » Maintenant, elle comprenait que le véritable argument, tapi sous le précédent, avait plutôt été : « Il m'est impossible d'aimer le même homme plus de trente ans. » Coupable, Gabrielle de Sarlat ! Seule coupable !

Sonnerie. Cavalcades. Agitation. L'audience reprenait. On avait l'impression de retourner aux courses après un entracte.

– À la question : « Les jurés estiment-ils que l'accusée a attenté volontairement à la vie de son mari ? », les jurés ont répondu non à l'unanimité.

Un murmure d'approbation parcourut la salle.

– Aucune charge n'est donc retenue contre Gabrielle de Sarlat. Madame, vous êtes libre, conclut le juge.

Gabrielle vécut la suite dans le brouillard. On l'embrassa, on la congratula, ses enfants pleurèrent de joie, Maître Plissier paradait. Comme remerciement, elle lui déclara qu'en l'entendant plaider, elle avait ressenti en profondeur ce qu'il disait : il était impossible, impensable, qu'une femme aussi favorisée et épanouie par son mariage ait accompli ce geste. En son for intérieur, elle ajouta que c'était une autre, une étrangère, une inconnue sans rapport avec elle.

À ceux qui lui demandaient comment elle comptait occuper son temps dans les jours qui venaient, elle ne répondit rien. Elle savait qu'elle devait entreprendre le deuil d'un homme merveilleux. Ignoraient-ils qu'une folle, deux ans et demi auparavant, lui avait enlevé son mari ? Pourrait-elle vivre sans lui ? Survivre à cette violence ?

Un mois après son acquittement, Gabrielle de Sarlat quitta sa demeure de Senlis, repartit dans les Alpes et loua une chambre à l'hôtel des Adrets, non loin de l'hôtel Bellevue où elle était descendue avec son mari la dernière fois.

Le soir, sur l'étroit bureau en pin blanc qui jouxtait son lit, elle écrivit une lettre.

Mes chers enfants,

Même si ce procès s'est achevé par la proclamation de mon innocence et a reconnu l'impossibilité où j'étais de tuer un homme aussi merveilleux que votre père Gabriel, le seul homme que j'aie jamais aimé, il m'a rendu encore plus insupportable sa disparition. Comprenez mon chagrin. Pardonnez mon éloignement. J'ai besoin de le rejoindre.

Le lendemain, elle remontait au col de l'Aigle et, du chemin où elle avait poussé son mari deux ans et demi plus tôt, elle se jeta dans le vide.

La guérison

– Quelle chance d'être soigné par une jolie femme…

La première fois qu'il murmura ces mots, elle crut avoir mal entendu et s'en blâma. Comment pouvait-elle substituer un compliment au râle d'un patient ? Si la part inconsciente de son esprit lui jouait de nouveau ce tour, elle irait consulter un psychanalyste. Hors de question que ses complexes l'empêchent de travailler ! C'était bien suffisant qu'ils l'empêchent de vivre…

Mécontente, Stéphanie tenta les heures suivantes, dès que ses tâches lui en laissaient le répit, de reconstituer les véritables propos du malade, chambre 221. Le début de la phrase devait être correct – *quelle chance d'être soigné* –, la fin lui avait échappé. *Jolie femme* ? Personne n'avait jamais traité Stéphanie de jolie femme. Et pour cause ! songeait-elle.

En quittant l'hôpital de la Salpêtrière, la jeune infirmière n'avait pas découvert la réponse. Elle déambula, pensive, sous un ciel lourd de pluie, presque noir, entre les hautes tours abruptes au pied desquelles les avenues plantées d'acacias maigres semblaient plates, vides. Elle habitait un studio de Chinatown, au sud de Paris, un quartier aux murs vert-de-gris, aux enseignes rouges. Dans ces rues fréquentées par des Asiatiques, elle se trouvait volumineuse à côté des femmes menues, délicates, fourmis prestes qui vaquaient au travail. Non seulement sa taille – normale – la transformait en géante, mais ses formes rondes se montraient excessives auprès des silhouettes graciles.

Le soir, incapable de se concentrer sur les programmes que vomissait la télévision, elle jeta la télécommande et jugea son insistance suspecte.

– « Quelle chance d'être soigné par une jolie femme » ! Ma pauvre Stéphanie, tu prétends chercher une phrase sous une autre parce que cela te permet de répéter celle qui t'a plu ; or celle-là, il ne l'a pas prononcée. Donc toi, en réalité, tu n'élucides rien, tu ressasses, tu te flattes, tu te bichonnes.

Sur ce, elle entama une importante lessive – ce qui la soulageait toujours – et entreprit de repasser son « linge en retard ». Puisqu'une émission de radio égrenait les chansons de son enfance, elle poussa le volume du son et se divertit à brailler, fer à vapeur en main, les refrains dont elle se souvenait.

À minuit, après avoir achevé plusieurs piles de vêtements, elle avait tant chanté que, la tête lui tournant, des étoiles dansant derrière ses paupières, elle se coucha rassérénée, croyant avoir tout oublié.

Cependant, le lendemain, elle trembla en franchissant le seuil de la 221.

La beauté de cet homme la troublait.

En soins intensifs depuis une semaine, Karl Bauer émergeait d'un choc. Parce qu'un accident de voiture avait broyé en partie sa colonne vertébrale, les médecins doutaient qu'il puisse récupérer mais ne certifiaient rien ; pour l'heure, ils stimulaient ses nerfs, déterminaient l'étendue des dommages.

Bien qu'il reposât sous les draps et qu'un bandage

couvrît ses yeux, tout ce qu'elle voyait de son visage ou de son corps émouvait Stéphanie. D'abord ses mains, de longues mains d'homme, élégantes, aux ongles ovales presque nacrés, des mains faites pour saisir des objets précieux ou flatter des cheveux… Puis ses couleurs, le bistre de sa peau, le brun des poils qui ombraient ses muscles secs, le noir lumineux de ses boucles. Sa bouche aussi, tellement ourlée, si dessinée, qu'elle attirait… Et surtout son nez, telle une lame de chair, précis, fort, présent, captivant, viril au point que Stéphanie ne pouvait le contempler sans ressentir des picotements au bas-ventre.

Il était grand. Même allongé. On avait dû monter du sous-sol un lit spécial qui contînt ce corps. Malgré l'immobilité, l'intubation, sa taille impressionnait Stéphanie, laquelle y voyait l'aboutissement d'une virilité glorieuse.

« Il me plaît tant que mon cerveau se brouille. S'il était laid, je n'aurais pas déformé ses mots, hier. »

Aujourd'hui, elle ouvrirait mieux ses oreilles pour le comprendre. Pendant qu'elle dosait ses perfusions, comptait ses pilules, il se réveilla et sentit une présence.

– Vous êtes là ?

– Bonjour, je suis Stéphanie.

Les ailes de son nez palpitaient. Profitant de son invisibilité, Stéphanie regarda ses narines curieusement dotées d'une vie propre.

– Vous êtes déjà venue hier matin ?

– Oui.

– Je suis heureux que vous soyez là, Stéphanie.

Ses lèvres s'ouvrirent en un sourire.

Stéphanie en resta muette, touchée qu'un blessé grave, souffrant le martyre, ait la délicatesse de prodiguer des remerciements. Ce patient ne ressemblait pas aux autres.

« C'est peut-être ce qu'il m'a dit hier, songea-t-elle, quelque chose de gentil, de surprenant. Oui, ce devait être ça. »

Calmée, elle reprit la conversation, discutant avec entrain de petites choses, des traitements qui l'attendaient, de l'organisation de sa journée, de la permission qu'il aurait dès le lendemain de recevoir des visites. Après dix minutes de babil, Stéphanie estima avoir restauré un comportement normal auprès de lui. Aussi demeura-t-elle tétanisée quand il s'exclama :

– Quelle chance d'être soigné par une jolie femme…

Cette fois, elle était certaine d'avoir entendu. Non, elle n'était pas folle. Paroles identiques, hier, aujourd'hui. Et il s'adressait à elle.

Stéphanie se pencha sur Karl pour vérifier l'expression de son visage : un contentement voluptueux se répandait sur ses traits, confirmant sa déclaration ; ses lèvres se gonflaient comme des seins ; il donnait même l'impression de la regarder avec plaisir, malgré ses yeux bandés.

Que faire ? Elle était incapable de poursuivre l'échange. Répondre à son compliment ? Qu'allait-il ajouter ? Jusqu'où cela allait-il les mener ?

Bousculée par ces déferlements de questions, elle s'enfuit.

Une fois dans le couloir, elle fondit en larmes.

La découvrant au sol, sa collègue Marie-Thérèse, une Noire d'origine martiniquaise, l'aida à se relever, lui glissa un mouchoir entre les doigts puis l'emmena dans un réduit discret servant d'entrepôt à pansements.

– Eh bien, ma petite puce, que se passe-t-il ?

Cette tendresse inattendue redoubla le chagrin de Stéphanie qui sanglota contre l'épaule dodue de sa collègue ; elle n'aurait jamais cessé si l'odeur de vanille qu'exhalait la peau de Marie-Thérèse ne l'avait apaisée en lui rappelant des bonheurs d'enfance, anniversaires chez ses grands-parents ou soirées yaourts chez sa voisine Emma.

– Alors, d'où vient ce gros chagrin ?

– Je ne sais pas.

– Le travail ou la vie privée ?

– Les deux, gémit Stéphanie en reniflant.

Elle se moucha avec bruit pour clore son égarement.

– Merci, Marie-Thérèse, ça va beaucoup mieux maintenant.

Quoique ses yeux demeurassent secs le reste de la journée, elle n'alla pas mieux ; d'autant moins qu'elle ne comprenait pas sa crise.

À vingt-cinq ans, Stéphanie avait étudié pour devenir infirmière mais se connaissait mal. Pourquoi ? Parce qu'elle se méfiait d'elle-même, distance héritée de sa mère qui ne portait pas un regard bienveillant sur sa fille. Comment se serait-elle accordé de l'importance quand la personne qui l'avait mise au monde et qui était censée l'aimer la dénigrait ? Léa, en effet, n'estimait sa fille ni jolie ni intelligente et ne s'était jamais gênée pour le dire ; chaque fois qu'elle le clamait, elle ajoutait : « Que voulez-vous, ce n'est pas parce qu'on est mère qu'on ne doit pas se montrer lucide ! » L'opinion maternelle, légèrement altérée, commandait l'opinion de la fille. Si, pour l'intelligence, Stéphanie avait combattu son persiflage – alors que Léa, dépourvue de diplôme, continuait à vendre des vêtements, Stéphanie avait décroché son bac et réussi une formation paramédicale –, pour la plastique, en revanche, elle avait adopté sans broncher les canons esthétiques maternels. Puisqu'une belle femme, c'était une femme fine aux hanches étroites, aux seins pommés, telle Léa, alors Stéphanie n'était pas une belle femme ; elle rentrait plutôt – sa mère le répétait souvent – dans la catégorie boudins. Douze kilos supplémentaires alors que, en taille, elles n'avaient que sept centimètres de différence !

Du coup, Stéphanie avait toujours repoussé les propositions de Léa « pour s'arranger », craignant d'ajouter des ridicules au ridicule. Persuadée que dentelles, soieries, tresses, chignons, boucles, bijoux, bracelets, parures d'oreilles ou colliers choqueraient autant sur elle que sur un travesti, elle se savait une femme physiologique mais ne s'évaluait pas plus féminine qu'un homme. La blouse blanche, le pantalon blanc lui convenaient et, lorsqu'elle les raccrochait au vestiaire de l'hôpital, elle n'enfilait que leurs équivalents noirs ou bleu marine puis troquait ses sandales orthopédiques contre de grosses baskets blanches.

Que s'était-il produit dans la chambre 221 ? Joie ou désespoir ? Joie d'être considérée comme jolie ? Désespoir de ne l'être que pour un aveugle ?

En réalité, l'émotion – elle le saisit en s'enfouissant sous sa couette – tenait surtout du choc : ces mots avaient renvoyé Stéphanie sur le marché de la séduction, cette vaste place ensoleillée où les femmes plaisent aux hommes, elle qui s'en croyait exclue, elle qui vivait à l'écart, elle qui s'était résolue à ne provoquer ni regards ni déclarations d'amour. Stéphanie était une jeune femme rangée, si l'on peut appeler « rangé » quiconque n'a jamais connu le désordre. Austère par complexe, elle n'osait rien, fuyait les fêtes, les bars et les boîtes de nuit. Certes, il lui arrivait, le temps d'un film ou d'un roman, de rêver d'une liaison sentimentale mais elle restait consciente qu'il s'agissait d'un fantasme. Ça ne se produit pas dans la vie.

« En tout cas, pas dans ma vie. »

Tel un vieillard habitué à sa retraite, elle se voyait tranquille, hors d'atteinte, dotée d'un corps mort ou presque, et voilà qu'on la dérangeait en lui parlant de son charme. C'était inattendu, brusque, violent.

Le matin suivant, elle décida, en marchant vers son travail, que si Karl recommençait, elle le rabrouerait.

La routine de l'hôpital emplissait sa vie. Sitôt qu'elle franchissait le portail de la Salpêtrière, gardé comme celui d'une caserne, elle entrait dans un autre monde, une ville au milieu de la ville, sa ville. Dans l'enceinte qui protégeait de ses hauts murs cette cité médicale, il y avait tout : une boutique de journaux, un café, une chapelle, une pharmacie, une cantine, des services sociaux, des bureaux administratifs, des salles de réunion, en sus des nombreux bâtiments consacrés aux différentes pathologies ; les jardins offraient des bancs aux promeneurs lassés, quelques massifs exhibaient des fleurs, des oiseaux sautillaient sur l'herbe ; les saisons y passaient comme ailleurs, l'hiver déposait sa neige, l'été sa canicule ; des fêtes marquaient l'écoulement du temps, arbre de Noël, nuit de la Saint-Jean ; les gens venaient y naître, y guérir, y mourir, parfois on y accueillait même des individus célèbres. Un microcosme dans la mégapole. Là, non seulement Stéphanie existait mais elle se révélait utile. Les heures de la journée s'emboîtaient, scellées par les soins, les visites, les déplacements à l'infirmerie, les relevés de températures : pourquoi aurait-elle besoin d'une autre vie, d'une vie ailleurs ?

Le sentiment de servir lui donnait une fierté qui compensait ses manques. « Je n'ai pas le temps de penser à moi, j'ai trop à faire », se répétait-elle dès qu'elle entrevoyait sa solitude.

– Bonjour Stéphanie, dit Karl en souriant alors qu'à peine entrée, elle n'avait pas encore prononcé une syllabe.

– Bonjour. Vous allez enfin recevoir des visites aujourd'hui.

– Je le crains.

– Pourquoi ? Ça ne vous réjouit pas ?

– Ça va chauffer !

– C'est-à-dire ?

– De votre point de vue, ce sera plutôt drôle. Pour elles ou pour moi, ça le sera moins.

– Elles, c'est qui ?

– Vous ne devinez pas ?

– Non.

– Alors patience, vous aurez du spectacle.

Stéphanie décida de laisser tomber ce sujet et commença son travail.

Il souriait.

Plus elle s'affairait autour du lit, plus son sourire s'élargissait.

Après s'être juré de ne pas poser la question, elle finit par céder et s'exclama :

– Pourquoi souriez-vous comme ça ?

– Une jolie femme s'occupe de moi…

– Qu'en savez-vous ? Vous ne me voyez pas !

– Je vous entends et je vous sens.

– Pardon ?

– À votre voix, à vos mouvements, à l'air déplacé par vos gestes et surtout à votre odeur, je repère que vous êtes une jolie femme. J'en suis certain.

– Baratineur ! Et si j'avais une verrue sur le nez ou bien une tache violette ?

– Ça m'étonnerait.

– Chiche !

– Bon : avez-vous une verrue sur le nez ?

– Non.

– Une tache violette ?

– Non plus.

– Alors ! conclut-il, heureux d'avoir raison.

Stéphanie éclata de rire et sortit.

À la différence de la veille, elle poursuivit sa journée avec bonne humeur, recouvrant sa nature joviale.

L'après-midi, en vaquant d'une chambre à l'autre, elle comprit mieux ce que lui avait annoncé Karl – amusant, non, d'écrire un K au lieu d'un C... Dans la salle d'attente, sept jeunes femmes plus magnifiques les unes que les autres se regardaient avec haine ; on aurait cru des mannequins en compétition pour un casting. Aucune n'avait un lien officiel avec Karl sinon la grande rousse éclatante, laquelle, se targuant auprès de l'infirmière-chef du titre d'« ex-épouse », obtint la priorité. Les six autres – les maîtresses – haussèrent les épaules en la voyant s'éloigner puis recommencèrent à se toiser sans amabilité. Découvraient-elles leur existence ? Étaient-elles des maîtresses successives ou des maîtresses simultanées ?

Stéphanie s'arrangea pour traverser le lieu le plus souvent possible mais resta sur sa faim. Lorsqu'elles quittaient leur siège pour se rendre auprès de Karl, elles exécutaient le même manège : en une seconde, sitôt le couloir emprunté, elles abandonnaient leur air maussade pour adopter un visage ravagé d'angoisse, yeux mouillés de larmes, mouchoir à la main. Quelles comédiennes ! D'ailleurs, quand jouaient-elles ? Lorsqu'elles se maîtrisaient les unes en face des autres ou lorsqu'elles approchaient en frémissant de leur amant ? Étaient-elles jamais sincères ?

La dernière entra dans la chambre à seize heures et en sortit une minute plus tard en hurlant :

– Il est mort ! Mon Dieu, il vient de mourir !

Stéphanie se rua hors du bureau, courut auprès du lit, saisit le pouls de Karl, parcourut les écrans et s'exclama :

– Taisez-vous ! Il est endormi, c'est tout. Les précédentes visites l'ont épuisé. Dans son état...

La maîtresse s'assit en serrant les genoux, comme si cela allait l'apaiser. Elle se mordit l'ongle du pouce qu'elle avait long et rouge, puis pesta :

– Les salopes, elles ont fait exprès ! Elles l'ont crevé pour qu'il ne me reste rien.

– Écoutez, mademoiselle, vous êtes en face d'un homme qui a subi un grave accident, vous ne semblez pas vous en rendre compte. Vous ne pensez qu'à vous, qu'à vos rivales, c'est indécent !

– Dites donc, on vous paie pour le soigner ou pour nous donner des cours de morale ?

– Pour le soigner. Aussi, je vous demande de sortir.

– Allez vous faire foutre ! J'ai attendu quatre heures.

– Très bien. J'appelle la sécurité.

En maugréant, la mannequine céda à la menace et s'éloigna, chancelante, sur ses hauts talons compensés.

Au fond d'elle, Stéphanie lui lança « Pouffiasse ! »

puis se consacra à Karl, relevant son lit, tapotant ses oreillers, vérifiant son goutte-à-goutte, pas fâchée de le récupérer.

– Je peux enfin travailler, soupira-t-elle.

Pas un instant, il ne lui vint à l'esprit qu'elle venait de réagir en femme jalouse.

Le lendemain, Karl l'accueillit en souriant.

– Alors, vous êtes-vous bien amusée, hier ?

– Qu'y avait-il d'amusant ?

– Obliger ces femmes qui se haïssent à se rencontrer, à patienter les unes en face des autres. Franchement, je regrettais de me trouver ici plutôt que dans le vestibule. Se sont-elles crêpé le chignon, là-bas ?

– Non, mais elles avaient transformé la salle d'attente en congélateur. M'avez-vous entendue renvoyer la dernière ?

– La dernière ? Non. Qui est venu après Dora ?

– Une brune sur talons compensés.

– Samantha ? Oh, je suis désolé, j'aurais aimé la recevoir.

– Vous n'avez pas pu.

– Qu'avais-je ?

– Sommeil ! Elle a pensé que vous étiez mort.

– Samantha exagère toujours.

– C'est ce que je me suis permis de lui dire.

Pendant qu'elle se dévouait à lui, mille questions lui criblaient la tête. Laquelle des six maîtresses était celle du moment ? En aimait-il une ? Qu'attendait-il d'une femme ? Était-ce parce qu'il ne les choisissait que sur le physique, sans exiger davantage, qu'il rebondissait de l'une à l'autre ? N'envisageait-il que des liaisons érotiques, jamais un lien durable ? Prenait-il l'initiative, avec les femmes ? Comptait-il beaucoup sur sa propre séduction physique ? Quel type d'amant se révélait-il ?

Comme s'il avait flairé cette agitation de cervelle, Karl s'exclama :

– Oh, je vous sens bien soucieuse aujourd'hui !

– Moi ? Oh non.

– Oh si. Un problème avec votre mari ?

– Je ne suis pas mariée.

– Votre compagnon ?

– Pas de compagnon, non plus.

– Votre petit ami ?

– Oui, c'est ça. Un problème avec mon petit ami !

À un homme qui la croyait ravissante, elle n'avait pas le courage d'avouer sa désolante solitude et décida de s'inventer un fiancé : au moins, ici, dans cette chambre 221, elle serait une femme normale.

– Que lui reprochez-vous ?

– Mm ? Rien... Rien de certain... Je m'interroge sur lui... Je me demande s'il ne va pas voir ailleurs...

– Vous êtes jalouse ?

Stéphanie resta interloquée. Non seulement elle n'avait pas coutume qu'on lui pose une telle question, mais elle venait de réaliser qu'elle était jalouse de Karl.

Elle se tut. Il éclata de rire.

– Donc, vous êtes jalouse !

– Qui ne l'est pas ?

– Moi, cependant je préfère ne pas en parler. Revenons à vous. Comment s'appelle-t-il ?

Stéphanie aurait voulu répliquer, or il ne lui venait que des noms de chiens, Rex, Titus, Médor, Tommy... Paniquée, elle parvint à articuler :

– Ralf !

Certes, c'était aussi le nom d'un chien, un doberman qu'elle croisait, mais elle espéra que Karl ne s'en douterait pas. Ralf, ça pouvait être porté par un humain, non ?

— Ralf est bien bête, si vous voulez mon avis.

Ouf, il avait gobé son mensonge…

— Vous ne le connaissez pas.

— Lorsqu'on rencontre une femme aussi somptueuse que vous, dotée d'une telle odeur, premier acte : on emménage avec elle. Or vous m'apprenez que vous ne vivez pas ensemble.

— Ne le blâmez pas ! C'est peut-être moi qui refuse…

— Est-ce vous qui refusez ?

— Non.

— Je confirme donc : Ralf est un idiot. Il ne vous mérite pas. S'éloigner d'une femme avec une odeur pareille…

Stéphanie paniqua. Quelle odeur ? En vingt-cinq ans, elle n'avait jamais imaginé dégager une odeur… Par réflexe, elle approcha son bras de son nez. Quelle odeur ? Elle ne sentait rien. De quoi parlait-il ? Elle n'achetait ni parfum ni eau de toilette. Le goût de son savon ? Il partait si vite… La lessive de ses vêtements ? L'assouplissant ? Non, tout le personnel de l'hôpital récupérait du linge blanchi par la même laverie. Son odeur ? Son odeur à elle ? Était-ce une bonne ou une mauvaise odeur ? Surtout une odeur de quoi ?

Elle ne se retint que trente secondes puis demanda, le souffle oppressé :

— Qu'est-ce que je sens ? La transpiration ?

— Comme vous êtes drôle ! Non, j'ignore votre transpiration. Tant mieux d'ailleurs, ça doit être divin, ça m'exciterait trop.

— Vous plaisantez ?

– J'affirme que vous avez une odeur enivrante et que si Ralf ne vous l'a jamais dit, Ralf est définitivement un con.

Le soir, rentrée dans son studio, Stéphanie multiplia les expériences.

Après avoir tiré les rideaux, elle se déshabilla et, assise sur son lit, tenta de se sentir. Ses narines se plaquèrent sur toutes les parties accessibles de son corps. Elle s'efforça à ces contorsions avant sa douche, puis recommença après. En vain.

Néanmoins, alors qu'elle détestait sa nudité, elle ne se re-vêtit pas et testa plutôt une autre méthode : elle entreprit d'intercepter, par une brusque volte-face, son odeur dans son sillage ; sitôt trois pas réalisés, elle tournait les talons et se précipitait, nez au vent, sur sa trace, avec l'impression d'exécuter un ballet. Si elle n'arriva pas à capter quoi que ce soit, elle trouva un vrai plaisir à marcher ainsi, les cuisses et les seins libres.

Pour dîner, intimidée par l'assiette et les couverts cérémonieux, elle mit un peignoir ; cependant, au fur et à mesure qu'elle mangeait, elle l'entrouvrait, jusqu'au moment où elle le quitta, espérant encore se voler son odeur.

Enfin, elle enquêta dans son armoire, reniflant le linge qu'elle avait porté, le comparant avec celui qu'elle n'avait pas porté, revenant au précédent… Elle remarquait bien quelque chose, mais ce n'était presque rien, une essence subtile, évanescente, qui lui échappait sitôt qu'elle croyait la saisir.

Elle décida de dormir nue. Ainsi pourrait-elle, au réveil, repérer son odeur entre les draps. Or, après une heure occupée à virer d'un côté, de l'autre, à se palper, à ausculter ses formes, elle déduisit que la nudité la rendait folle, enfila son pyjama et sombra dans l'inconscience.

Le lendemain, elle entra en silence dans la chambre, s'avança vers le lit sans prévenir Karl.

Après trente secondes, il sourit. Une minute plus tard, il balbutia, avec une pointe d'angoisse :

– Stéphanie ?

Elle aurait voulu que le jeu durât plus longtemps mais une seringue roula sur son plateau métallique, dénonçant sa présence.

– Oui.

Il soupira de soulagement.

– Vous étiez là ?

– Depuis une minute. Je ne voulais pas vous réveiller.

– Je n'étais pas endormi. Maintenant je comprends pourquoi je pensais à vous de manière obsessionnelle.

Ils bavardèrent tandis que Stéphanie vérifiait l'état du malade. Elle risqua une nouvelle expérience. Comme elle avait remarqué que, sitôt qu'elle circulait derrière lui en écartant les bras, il souriait, elle s'approcha plus, plaça sa poitrine au-dessus de sa face. Victoire ! Le plaisir inondait alors les traits de Karl. Elle conclut qu'il ne mentait pas : elle dégageait réellement une odeur, laquelle enchantait Karl.

Elle s'amusa à recommencer en le frôlant davantage. À un moment, ses cheveux caressèrent sa joue. Qu'auraient supposé les collègues si elles l'avaient vue ainsi penchée ? Peu importait ! Elle se réjouissait de voir cette superbe tête éclairée par la joie.

À la fin, lorsqu'elle lui annonça, en lui présentant

son décolleté sous les narines, qu'elle allait se consacrer aux autres patients, il bredouilla comme s'il s'éva-
nouissait :

– Quel bonheur d'être soigné par une si jolie
femme…

– Vous exagérez, je ne suis pas une fille de rêve, loin
de là !

– Une fille de rêve, ce n'est pas celle que la fille rêve
d'être, mais celle que le garçon voit.

Le samedi et le dimanche, elle avait congé. Karl lui
manqua. Elle traversa divers états. D'un côté, elle
continua à se promener nue dans son appartement
pour apprivoiser cette qualité ignorée jusque-là : un
corps bien odorant. D'un autre, elle pleura beaucoup
car une expédition audacieuse dans un magasin chinois d'habits en soie brodée avait brisé son rêve en la
ramenant à la réalité : rien ne lui allait, elle était moche
et grosse.

Elle s'enferma donc pour éviter le regard des autres,
se nourrit de conserves, ne dialogua qu'avec son poste
de télévision. Pourquoi les hommes n'étaient-ils pas
aussi raffinés que Karl ? Pourquoi cette société
continuait-elle à privilégier le sens de la vue au mépris
des autres ? Dans un monde différent, le monde olfac-
tif, elle était admirable. Dans un monde différent, elle
avait le pouvoir d'ensorceler. Dans une certaine
chambre qu'elle connaissait, elle était « une si jolie
femme ». Elle attendait le lundi matin comme une délivrance.

« Te rends-tu compte de ce que tu racontes, ma

pauvre Stéphanie ? Tu n'es un morceau de choix que pour un aveugle paralytique ! Quel désastre ! »

À l'allégresse succédait l'abattement.

Ainsi passa-t-elle deux jours à osciller de la plainte à l'extase, de la pitié à l'enthousiasme. Du coup, quand l'hôpital, dimanche soir, l'appela pour lui demander de venir plus tôt le lendemain, elle accepta avec empressement.

Au petit matin, les équipes se relayaient à la cafétéria où, autour d'un cappuccino, le dernier pour les uns, le premier pour les autres, les soignants du jour relevaient ceux de la nuit. Il y avait un moment indécis, bleu et gris, dans les bâtiments, comme un silence suspendu, puis la transformation s'opérait : le temps d'avaler une gorgée âcre en échangeant quelques mots, c'était soudain la journée, la rumeur des chariots, les claquements de portes, les crissements de chaussures, les allées et venues à chaque étage, les aspirateurs qui bourdonnaient dans la cage d'escalier, les préposées aux admissions qui ouvraient leur guichet au rez-de-chaussée. Un autre rythme trépidait dans les couloirs, réveil des malades, prises de température, distributions de pilules, chocs des tasses et des soucoupes.

À sept heures trente, Stéphanie débroula, fraîche, alerte, jubilante, dans la chambre de Karl.

— Bonjour, lança-t-elle.

— Quoi ? Vous, Stéphanie, déjà ? s'étonna l'homme aux yeux bandés.

— Eh oui. Une de mes collègues est tombée malade — je sais, on est surpris qu'une infirmière ou un médecin aient des problèmes de santé. J'assurerai donc son service.

— Moi j'assurerai le mien : je jouerai le malade. Il paraît que je le fais bien.

— Vous le faites très bien.

— Hélas...

— Je voulais dire que vous ne vous plaignez jamais.

— À quoi ça servirait ?

Le brouillard du matin collait encore aux vitres.

Stéphanie nota la température, changea le goutte-à-goutte, modifia quelques dosages puis lui administra une piqûre. Elle glissa ensuite la tête dans le corridor pour appeler l'aide-soignante.

— Madame Gomez, venez m'aider pour la toilette !

Karl objecta avec violence derrière elle :

— Vous n'allez pas m'infliger ça ?

— Quoi ?

— Ma toilette !

Stéphanie s'approcha de lui sans comprendre.

— Si, pourquoi ?

Il grimaça, contrarié, son visage se tournant de droite à gauche comme s'il cherchait du secours.

— Je... je n'aime pas cette idée !

— Soyez tranquille, j'ai l'habitude.

Comme Mme Gomez entrait, il ne poursuivit pas. Présumant l'avoir rassuré, Stéphanie saisit un gant et le flacon de savon liquide.

En arrachant le drap, Mme Gomez mit Karl à découvert et Stéphanie ne put s'empêcher d'éprouver une émotion. Elle le trouvait beau. Entièrement beau. Rien ne lui répugnait dans ce corps. Et tout la troublait.

Bien qu'il fût immobilisé, blessé, il ne marquait pas la maladie.

Elle détourna les yeux. Pour la première fois, elle pensa qu'elle n'avait pas le droit de regarder la nudité d'un homme sans son consentement ; avec le recul, le geste de Mme Gomez pour déshabiller Karl, drap levé vivement d'une main indifférente, lui sembla violent.

Par où commencer ?

Si elle connaissait les mouvements par cœur pour les avoir exécutés cent fois, la présence de Karl l'intimidait. C'étaient ses cuisses, son torse, son ventre, ses épaules, qu'elle allait toucher. D'ordinaire, elle nettoyait un patient comme elle passerait une éponge sur une toile cirée ; lui, c'était différent, il l'impressionnait. Sans ce prétexte de l'hôpital, elle ne l'aurait jamais vu nu. Même s'il la gratifiait d'une odeur exquise, il ne l'aurait pas choisie comme maîtresse, non ?

Sans scrupules, Mme Gomez avait commencé à frotter de son côté.

Stéphanie ne voulut pas qu'on soupçonnât ses réticences et amorça son travail. Cependant, ses frictions se montraient plus douces, plus enveloppantes.

« Que fiches-tu, pauvre idiote ? songea-t-elle. Il est paralysé. Paralysé ! Cela signifie qu'il ne sent pas ta main. Que tu le pinces ou que tu le caresses, ça lui procure un effet identique, c'est-à-dire aucun. »

Enhardie par cette remarque, elle se concentra sur des détails afin d'aller jusqu'au bout ; cependant, elle eut l'imprudence de regarder son visage et remarqua qu'il serrait les dents, mâchoires contractées, parcouru de frissons. Alors qu'elle massait son cou, il murmura d'une voix imperceptible :

– Je suis désolé.

Elle sentit une telle détresse dans ce souffle qu'elle

ordonna à Mme Gomez de réagir à la sonnerie de la
209.

— Je finirai, madame Gomez, ça ira.

Une fois qu'ils furent seuls, elle se pencha et l'interrogea avec douceur.

— Désolé ? De quoi ?

— Je suis désolé, répéta-t-il en tournant la tête de
droite à gauche.

Elle se demanda ce qui lui arrivait, parcourut son
corps des yeux et comprit soudain l'objet du trouble.

Son sexe s'était dressé.

Stéphanie ne put s'empêcher d'admirer ce solide
membre, gainé d'une peau fine, dont l'érection lui rendait hommage, lequel lui parut à la fois fort et doux ;
puis elle revint à sa fonction, secoua ses idées, comprit
qu'elle devait désangoisser Karl.

— Pas de souci. Nous sommes habituées. C'est un
réflexe automatique.

— Non !

— Si, ne soyez pas inquiet, je sais ce que c'est.

Il rétorqua avec colère :

— Non, vous ne savez pas ce que c'est ! Pas une
seconde ! Et ne dites pas n'importe quoi : réflexe
automatique... Lorsqu'on me touche en dessous du
menton, je ne ressens rien. Quand votre collègue
Antoinette s'occupe de moi, je suis détendu, je n'ai
pas besoin de serrer les dents. Pourquoi ? Parce que
Antoinette ou Mme Gomez n'ont pas la même odeur
que vous. J'ai essayé de vous prévenir...

— Allons... ce n'est pas grave...

— Si ce n'est pas grave, qu'est-ce qui est grave ?
s'exclama-t-il d'une voix brisée.

— Ne soyez pas gêné, ça ne me gêne pas, mentit-elle.

– Ça ne vous gêne pas ? Merci ! Je viens vraiment de comprendre que je ne suis plus qu'un infirme !

Stéphanie aperçut des larmes qui mouillaient le pansement des yeux. Elle avait envie de prendre Karl contre elle pour le consoler, mais elle n'avait pas le droit. Si on les surprenait ainsi, un homme nu entre les bras d'une infirmière, lui dans cet état ! Sans compter que si elle l'enveloppait de son odeur, ça empirerait…

– Qu'ai-je fait, mon Dieu, qu'ai-je fait ? s'écria-t-elle.

Karl changea. Son corps fut pris de secousses. Sa gorge gémit. Stéphanie allait appeler du secours quand elle soupçonna ce qui se produisait.

– Vous… vous riez ?

Il confirma en continuant à s'esclaffer.

Voyant que son sexe décroissait à mesure que son hilarité croissait, Stéphanie, tranquillisée, gloussa par contagion.

Elle recouvrit le corps d'un drap puis s'assit auprès de lui le temps qu'il reprît son souffle.

Lorsqu'il finit par se calmer, Stéphanie le questionna :

– Qu'est-ce qui vous amuse ?

– Que vous ayez crié sur un ton catastrophé « Mon Dieu, qu'ai-je fait ? » alors que vous m'avez fait bander. Vous imaginez l'absurdité de la situation ?

Leur fou rire continua quelques secondes.

– Soyons sérieux maintenant. Plus d'humiliation. Pas de toilette avec vous. Vous comprenez ?

– Je comprends.

En réalité, Stéphanie n'était pas certaine de comprendre ; ce qu'elle retenait, c'était qu'elle détenait ce pouvoir, ce pouvoir nouveau, ce pouvoir ahurissant de provoquer le désir chez un homme. Que dis-je ?

Chez cet homme, cet homme-là, cet homme splendide, cet homme couvert de femmes, cet homme disputé par des maîtresses sublimes ! Elle, la grosse, la disgraciée !

Le reste du jour, elle évita la chambre 221 car il lui semblait que ses collègues devinaient ce qui s'était passé tant ils posaient des regards étranges sur elle. Elle-même, malgré elle, se sentait différente, ne pouvait s'empêcher de se montrer plus volubile, plus exubérante que d'ordinaire, attrapant le rose aux joues au moindre prétexte.

– Ma parole, Stéphanie, ne serais-tu pas amoureuse ? demanda Marie-Thérèse avec son gai accent chantant qui éludait les *r* et allongeait voluptueusement les voyelles.

Subissant une bouffée de chaleur, Stéphanie ne riposta pas, sourit, s'enfuit à la pharmacie.

– Elle est tombée amoureuse, conclut Marie-Thérèse en hochant la tête.

Pourtant Marie-Thérèse se trompait : Stéphanie n'était pas tombée amoureuse, elle était juste devenue une femme.

Ce soir-là, elle se déshabilla. Loin de se dérober au miroir, elle se planta devant.

– Tu plais ! Tu peux plaire !

Elle l'annonçait à son corps comme une bonne nouvelle, voire une récompense.

– Ce corps excite un homme, lança-t-elle à son reflet.

Son reflet n'avait guère l'air convaincu.

– Si ! insista-t-elle. Pas plus tard que ce matin…

Elle raconta à son image ce qui s'était produit le matin, lui détaillant les pouvoirs de son odeur…

Après ce récit, elle enfila un peignoir, dîna, plongea dans son lit pour y songer, y resonger.

Le mardi, à l'aube, dès son arrivée au vestiaire, elle parlementa avec Mme Gomez pour que celle-ci acceptât, en échange de menus services – sans se douter de rien –, d'assurer seule la toilette du patient 221.

Puis, une fois que Karl fut lavé, elle le rejoignit.

– Merci de ne pas être venue, soupira-t-il.

– Première fois qu'on me dit ça !

– Étrange, n'est-ce pas ? Il y a des gens devant qui on se moque d'être indécent, d'autres pas. Sans doute parce qu'on veut leur plaire.

– Vous voulez me plaire ? demanda-t-elle, la gorge serrée.

En attendant sa réponse, elle se sentit défaillir.

– Oui, j'aimerais. Du moins, j'aurais aimé.

– Gagné ! Vous me plaisez.

Elle s'approcha, lui effleura les lèvres.

– Je rêve ou vous m'avez embrassé ? s'exclama-t-il.

– Vous rêvez !

Toute la journée, elle garda sur sa bouche le souvenir de ce contact. Était-il possible que ce soit si bon ?

Bien qu'elle s'obligeât à ne pas négliger ses autres malades, elle restait plus de temps dans la chambre de Karl, à moins que ce ne fût le temps qui passât plus vite là. Sitôt qu'elle enjambait le seuil de la 221, elle franchissait une barrière invisible et se trouvait dans un univers différent.

Vers midi, alors que Karl et Stéphanie parlaient de choses anodines, il s'interrompit, changea de sujet :

– Comment vous habillez-vous en dehors de l'hôpital ?

D'un trait, elle raya la réalité, les vêtements informes qui l'attendaient au vestiaire ou dans ses placards, et décida de mentir.

– Des jupes.

– Ah, tant mieux.

– Oui, des jupes avec des chemisiers. En soie, si possible. Parfois la jupe avec la veste du tailleur. L'été, des robes légères…

– Ravissant. Et l'hiver ?

Stéphanie rougit en songeant à l'énormité qu'elle allait proférer.

– J'aime porter du cuir. Pas le cuir des motards, le cuir sophistiqué, le cuir glamour, le cuir chic, voyez-vous ?

– J'adore ! Quel dommage que je ne puisse pas vous voir.

– Ici, nous travaillons en blouse et pantalon. Ce n'est pas très sexy.

– Même sur vous ?

– Même sur moi.

– J'en doute. Enfin, vous vous vengez au dehors.

– C'est ça… je me venge…

L'après-midi, en sortant de l'hôpital, elle décida de rendre vrai ce qui était faux le matin et s'achemina vers les grands magasins du boulevard Haussmann.

Pour ce, elle emprunta le métro, ce qui lui arrivait rarement car Stéphanie se déplaçait à pied. Depuis des années, elle habitait « derrière l'hôpital ». Un étranger à Paris ne comprendrait pas cette expression « derrière l'hôpital » car la Salpêtrière comprenait deux entrées d'importance équivalente sur les deux boulevards qui longeaient son domaine : en quoi l'une serait-elle devant et l'autre derrière ? Pour le saisir, il fallait avoir assimilé la singulière géométrie de Paris, ville construite dans un cercle mais qui comporte cependant un avant et un arrière... Est « à l'avant » ce qui se tourne vers le centre, la cathédrale Notre-Dame ; est « à l'arrière » ce qui regarde la ceinture périphérique. Logeant dans Chinatown, un studio en haut d'une tour, non loin de la banlieue, Stéphanie habitait donc « derrière ».

Descendre sous terre, se caler dans une rame bondée, y mijoter entre sueur et fracas, en ressortir bousculée pour affronter la cohue relevait déjà de l'aventure pour elle. Après s'être trompée plusieurs fois de bâtiment car chaque immeuble de la chaîne commerciale se consacrait à tel ou tel produit, elle échoua, impressionnée, au rayon « Mode Femme ».

Surmontant sa timidité, elle obtint l'aide des vendeuses ; après quelques erreurs, elle dénicha quatre tenues qui ressemblaient à ce qu'elle avait décrit à Karl et qui, à sa vive surprise, lui allaient plutôt bien...

Mercredi matin, Stéphanie déboula en tailleur de cuir au vestiaire ; ses collègues n'économisèrent pas leurs compliments. Rougissante, elle endossa sa blouse habituelle en se sentant un peu différente, omettant intentionnellement d'en fermer les deux premiers boutons.

Au bureau de l'infirmière-chef, on apprit à Stéphanie que Karl Bauer, le patient de la 221, serait emmené au bloc pour être opéré des yeux.

Elle retrouva donc un Karl radieux.

– Vous vous rendez compte, Stéphanie ? Je vais enfin voir.

Stéphanie avala sa salive avec difficulté. Voir d'accord, mais la voir, elle ! Ce serait sans doute une catastrophe, la fin de ce rêve, la mort de leur relation…

– Oh, oh, Stéphanie, vous m'entendez ? Vous êtes toujours là ?

Elle s'efforça de mettre de la gaieté dans sa voix.

– Oui, je vous entends. Je serais heureuse que vous recouvriez la vue. Vraiment heureuse. Heureuse pour vous.

En elle-même, elle ajouta « pas heureuse pour moi ». Ensuite, elle ne laissa plus percer son amertume et accompagna, autant que possible, l'enthousiasme naïf de Karl.

L'après-midi, à quatre heures, elle quitta son service au moment où il entrait, anesthésié, en salle d'opération.

Le jeudi, après une nuit de sommeil discontinu, elle se dirigea d'un cœur lourd vers l'hôpital.

Il pleuvait.

Au matin, Paris sortait bruyamment de sa torpeur. Les rues appartenaient aux géants qui se dissimulaient le jour, les camions, les bennes à poubelles. Ces véhicules la giflaient d'eau au passage.

Le soleil n'avait pas plus d'éclat que la lune. Sous les passerelles vibrantes du métro aérien, elle avança sans se mouiller tout en se marmonnant : « Peu importe ! Qu'il me voie sèche ou trempée, il sera consterné ! Inutile de m'arranger. » L'œil rivé à la chaussée luisante, elle songeait que, désormais, elle allait réintégrer son corps ingrat, son corps qui ne plaisait à personne. Un feu de paille, sa beauté ! Un déjeuner sur l'herbe ! Les vacances de sa laideur auraient été de courte durée…

En même temps, elle se blâmait de sa tristesse. Quelle égoïste ! Au lieu de penser à lui, à son bonheur, elle ne songeait qu'à elle. Piètre amoureuse, vilaine femme et mauvaise infirmière, décidément, elle cumulait les erreurs. D'ailleurs elle n'était qu'une erreur.

Molle, épuisée, elle poussa les portes de l'hôpital les épaules basses, écrasée par un découragement qui lui semblait définitif.

Le couloir sombre qui conduisait à la 221 ne lui avait jamais paru aussi long.

Dehors, la pluie frappait les vitres en diagonale.

Lorsqu'elle franchit le seuil, elle remarqua tout de suite que Karl portait encore ses bandages. Quand elle s'approcha, il sursauta.

– Stéphanie ?

– Oui. Comment allez-vous ?

– Je crois que l'opération a échoué.

Un flot de sang lui monta aux oreilles. Elle était heureuse, il ne la verrait pas, jamais ! Maintenant, elle était prête à lui vouer toute sa vie, s'il le désirait. Oui, elle accepterait très bien de devenir l'infirmière attitrée de cet homme, pourvu que, de temps en temps, du fond de sa cécité, il lui parle de sa beauté.

Les heures suivantes, elle montra une inépuisable énergie pour lui remonter le moral, l'énergie de celle qui, après un échec, a repris espoir.

Pendant plus d'une semaine, grâce à cette positivité sans défaut, elle lui apporta un puissant réconfort.

Un jour – c'était un mercredi – il soupira :

– Savez-vous ce qui me rend le plus malheureux ici ? C'est de ne plus entendre résonner des chaussures de femmes.

– C'est le règlement.

– Il m'empêche de guérir, moi, votre règlement ! Je ne vais pas récupérer au son des pantoufles et des galoches. Je n'ai pas seulement besoin d'être traité comme un être humain mais aussi comme un homme.

Aussitôt, elle eut peur de ce qu'il allait lui demander parce qu'elle devinait qu'elle accepterait.

– S'il vous plaît, Stéphanie, vous ne voudriez pas oublier les règles et venir pour moi, rien que pour moi, pendant quelques minutes, avec vos chaussures de femme, pas vos chaussures de travail ?

– Mais… mais…

– On vous chasserait pour ça ?

– Non…

– Je vous en supplie : donnez-moi ce plaisir.

– Je vais réfléchir.

Stéphanie ne cessa effectivement pas de réfléchir, mais surtout aux chaussures qu'elle pourrait bien porter. Si elle circulait avec ses habituelles tennis, elle ne comblerait pas Karl.

À la pause, elle interrogea les plus élégantes de ses collègues, qui lui indiquèrent quelques magasins.

Comme les infirmières étaient pour la plupart martiniquaises, en quittant l'hôpital Stéphanie plongea sous terre, emprunta le métro, et se retrouva au nord de Paris, à Barbès, le quartier africain de la capitale, où les vitrines étalaient à foison des chaussures étroites, sophistiquées, aux prix modiques.

Elle faillit plusieurs fois rebrousser chemin car, de façon criante, certains commerces ne s'adressaient qu'aux prostituées tant ils présentaient des tenues provocantes, agressives, aux formes et aux matières clinquantes.

Comme on le lui avait conseillé, elle pénétra au « Grand Chic parisien », un magasin qui, par son éclairage au néon, ses empilages de boîtes, ses banquettes défoncées au tissu élimé au-dessus d'un linoléum rapiécé, ne méritait guère son enseigne.

Déterminée à acheter, elle appréhendait cependant d'essayer des chaussures à talons autant que suivre un stage chez des bergers landais. Pourtant, aiguillée par la vendeuse, elle parvint à sélectionner une hauteur sur laquelle elle ne vacillait pas et décida qu'elle devait en acquérir deux paires.

– Que pensez-vous de celle-ci ?

Stéphanie déambula avec la paire en question.

– Non, ça, ça ne plaira pas à mon mari.

– Il n'aime pas l'aspect vernissé ?

– Il est aveugle. Non, je parlais du son... ça sonne comme de la chaussure de première communiante... il me faudrait un son plus sexy.

Ravie, la vendeuse apporta des modèles aux courbes racées.

– Très bien, admit Stéphanie, ahurie de noter la concordance entre le bruit et l'apparence. Maintenant, il faut juste que je choisisse la couleur.

– La couleur, c'est plus simple puisque ce n'est que pour vous.

Galvanisée par cette remarque, Stéphanie opta pour

un modèle qu'elle acquit en deux teintes, noir et rouge. Au fond d'elle, elle était confuse d'acheter des escarpins carmin car elle doutait de les porter mais, ce jour-là, grâce à Karl, elle s'autorisait ce plaisir de petite fille qui rêvait de voler à sa mère ses tenues érotiques.

Le jeudi, elle abrita ses achats dans un vieux sac de sport et se rendit à l'hôpital.

À dix heures dix, à un moment où elle était certaine qu'aucun médecin ne passerait plus, elle annonça à l'oreille de Karl :

– J'ai apporté mes chaussures.

Elle poussa la porte, posa près de l'entrée ses savates dans une position qui lui permettrait de vite y sauter si on les dérangeait, puis enfila les escarpins noirs.

– En route pour les soins !

Elle commença sa besogne autour du lit. Ses talons pointus frappaient le sol avec vigueur, frémissaient à l'occasion d'un arrêt, puis glissaient en douceur.

Karl souriait jusqu'aux oreilles.

– Quel bonheur, murmura-t-il.

Soudain, Stéphanie eut envie d'essayer la paire écarlate.

– Attendez, j'en ai apporté d'autres. Oh, elles ne sont pas très différentes mais...

Elle chaussa – cette fois-ci pour elle seule – l'autre paire en agneau vermillon et poursuivit ses tâches, amusée, un peu émoustillée.

Karl demanda soudain :

– La lanière est-elle plus fine ?

– Non.

– Voit-on davantage les pieds ? L'ouverture serait-elle plus échancrée ?

– Non.

– Le cuir est du serpent ?

– Non.

– Alors de quelle couleur sont-elles ? Elles ne seraient pas rouges par hasard ?

Stéphanie confirma, abasourdie. Non seulement l'accident de voiture avait détérioré les nerfs optiques de Karl, mais il portait un épais bandage sur les globes. Comment...

Presque effrayée, elle se précipita vers la porte, posa ses talons, remit ses chaussures de service, engloutit les nouvelles paires dans le sac.

– Merci, susurra Karl, vous m'avez gâté.

– Comment avez-vous deviné ?

– Je ne voyais pas leur différence mais je vous sentais, vous, très différente dans ces chaussures-là : vous ne bougiez pas de la même manière, vos hanches ondulaient. Je parie que ce sont celles que vous choisissez pour plaire à Ralf. Je me trompe ?

– Mm...

– J'adore votre voix aussi, une voix fruitée, chantante, bien timbrée. Curieux, une voix si pleine, c'est plutôt l'apanage d'une femme noire ! Ce que vous n'êtes pas ?

– Non. J'ai cependant des points communs avec mes collègues martiniquaises.

– Oui, j'entends ça aussi. Un robuste bassin large, une peau tendue sur une déesse subtilement enveloppée. Je me trompe ?

– Comment le savez-vous ?

– Votre balancement en escarpins, votre voix encore. Les femmes très minces ont rarement une jolie voix. Comme s'il fallait un écrin de chair pour que la voix épaississe... Comme s'il fallait un bassin large pour qu'une voix se trouve bien assise, riche en harmoniques... Ne dit-on pas d'une voix qu'elle est charnue ? Si la voix l'est, la femme aussi. Quel bonheur !

– Vous croyez ce que vous me débitez ?

– Et comment ! Une voix, ça se nourrit de chair et de résonances. S'il n'y a ni chair ni espace où résonner, la voix reste sèche. Comme la femme. Non ?

– À voir vos maîtresses, l'autre jour, je pensais que vous ne vous entichiez que de femmes minces.

– Concours de circonstances : mon métier de photographe m'amène à fréquenter les mannequins pour fabriquer des clichés de mode. Mais j'aime tant les femmes que j'aime ce qu'il y a de maigre chez les maigres et ce qu'il y a d'opulent chez les opulentes.

Le vendredi, son congé commençait, prenant Stéphanie de court. Comment allait-elle traverser ces trois jours sans lui ?

Elle décida donc d'accomplir des actes pour lui : elle consacra plusieurs heures de son temps à un institut d'esthétique, se paya le coiffeur, parvint à arracher un rendez-vous avec une manucure puis, revenue dans son studio, ouvrit l'armoire pour considérer avec sévérité ses vêtements.

« Qu'aimerait-il ? Que n'aimerait-il pas ? Je vais constituer deux piles. »

Elle s'obligea à ne pas tricher, vida ses rayonnages et vint déposer, le samedi, plusieurs sacs devant les locaux de la Croix-Rouge.

Le dimanche, elle décida de retourner à Barbès pour remplir son armoire dégarnie et réfléchir à ce que Karl lui avait exposé sur les femmes rondes. S'il les appréciait, elle devait y arriver aussi. Assise à la terrasse d'un café, elle observa le va-et-vient.

Quel contraste entre Barbès et Chinatown ! Quelle distance avec son quartier ! Des rues asiatiques aux rues africaines, tout changeait, non seulement les odeurs – aux odeurs vertes et jaunes de Chinatown, mélange d'herbes ou de racines, succédaient les odeurs écarlates, épicées, péremptoires de Barbès, agneau rôti ou merguez grillées –, la socialité – trottoirs bondés à Barbès, chaussées vides à Chinatown – mais encore les femmes... Les femmes différaient par leur taille, leur allure, leurs vêtements, et surtout par leur conception même de la féminité. La femme de Barbès soulignait ses formes par du lycra ou les amplifiait en de somptueux boubous, larges, colorés, tandis que la femme de Chinatown s'ensevelissait sous une veste molle, escamotant sous un boutonnage droit, viril, toute trace de poitrine, dans un pantalon sec ses hanches et ses cuisses.

Royales, en robes larges ou en collants moulants, les Africaines majestueuses chaloupaient sous le regard chaud des hommes. Pas une seconde elles ne doutaient de leur séduction. Pas une seconde elles n'interprétaient comme moqueur un sifflement ou une œillade. Elles déambulaient avec cran, aplomb, insolence, si persuadées de dégager un charme irrésistible qu'elles gagnaient la partie. Stéphanie, autant que les mâles alentour, les tenait pour somptueuses.

Elle songea que, si sa mère se tenait auprès d'elle en ce moment, Léa aurait soupiré comme si on lui infligeait un défilé de chars d'assaut, une visite dans une institution pour handicapées, un ballet de baleines.

Stéphanie comprit que son regard dépréciatif sur elle-même venait de cette mère trop narcissique, autoproclamée canon de beauté. D'autant qu'elle n'avait quitté Léa que pour emménager dans le quartier chinois, au milieu des ravissants mais petits modèles qui entretenaient son complexe.

Une femme rousse passa, maigriotte, anémique, qui ressemblait à Léa justement. Stéphanie pouffa : une libellule chez les marmottes, rien d'autre ! Ici, parmi les géantes, cette minceur devenait de la sécheresse tandis que le ventre plat tournait à l'os apparent.

La jeune femme conclut à la relativité profonde des agréments et, le baume au cœur, rentra chez elle en fredonnant. En marchant avenue de Choisy, entre le supermarché Tang et la Maison du Canard laqué, elle s'estima soudain, par sa taille, son rayonnement, tout à fait magnifique.

Devant son miroir en pied, elle contempla une femme nouvelle. Son reflet n'avait que peu changé – vêtements, coiffure, attitude – mais une lumière intérieure, la confiance, le rendait autre, une belle fille pulpeuse à la riche poitrine. Elle remercia Karl et attendit le lendemain avec impatience.

Lorsque, le lundi, elle franchit la porte de la 221, la présence des médecins l'agaça – elle se retint de les chasser comme elle s'était débarrassée de la maîtresse, afin qu'on lui laisse Karl pour elle seule – avant de l'alerter : la réunion avait un caractère grave. Stéphanie se faufila dans la pièce, se tassa contre le mur, derrière les internes, adoptant l'attitude modeste qui sied à l'infirmière.

Masque en papier sous le menton, avant-bras très velus, le Pr Belfort s'inquiétait. Après quelques conciliabules à voix basse avec ses assistants, il emmena l'équipe en salle de réunion pour délibérer car, comme plusieurs grands pontes de la Salpêtrière, il était plus à l'aise avec les maladies qu'avec les malades.

Stéphanie suivit le groupe. Là, à mesure que les tests livraient leurs résultats, Stéphanie, effarée, apprit la gravité de ce qui arrivait à Karl. Après plusieurs semaines, le pronostic vital des médecins demeurait réservé, autant, si ce n'est davantage, qu'à son débarquement en ambulance. Tous les espoirs reposaient sur les opérations que le Pr Belfort tenterait bientôt.

Stéphanie, outre la douleur, éprouva de la honte. Cette chambre 221 vers laquelle elle courait chaque jour pour vivre les moments les plus magiques de son existence, Karl, lui, y vivait ses pires instants, peut-être les derniers. Inerte sur son lit, le corps relié à des tubes de caoutchouc et à des poches de liquides, esseulé dans une pièce minuscule, à la merci des internes ou des étudiants en médecine qui analysaient, commentaient, il ne possédait plus rien, ne faisait plus rien, ne vivait plus rien, ne survivait que par une assistance technique. Elle s'en voulut de son égoïsme, se jugea monstrueuse, aussi puérile, vaine, coquette que les maîtresses de Karl.

Du coup, ce jour-là, pour se punir, elle s'abstint de lui rendre visite et s'arrangea pour qu'il reçût ses soins sans elle.

Le mardi, quand elle revint vers Karl, elle le trouva très affaibli. Dormait-il ? Elle s'approcha, se pencha sur son visage sans que ses narines réagissent. Elle finit par murmurer :

– Karl, c'est Stéphanie.

– Ah enfin…

Sa voix venait de très loin dans son corps et tremblait d'émotion. Il semblait affecté.

– Quatre jours sans vous, c'est trop long.

Quoique aveugle, il se tourna vers elle.

– Je n'ai pas cessé de penser à vous. Je vous attendais.

– Tous les jours ?

– Toutes les heures.

Il parlait gravement, sans mentir. Elle se mit à pleurer.

– Excusez-moi. Je ne partirai plus.

– Merci.

Elle savait que ce dialogue absurde n'avait rien de professionnel : elle ne devait pas accorder de telles promesses, un patient n'avait pas le droit de les exiger. Par cette bizarrerie cependant, elle soupesait l'affection qui les liait. Si l'on ne pouvait dire qu'ils s'aimaient, au moins pouvait-on avancer qu'ils avaient besoin l'un de l'autre.

– Faites-moi du bien, Stéphanie.

– Oui, Karl, que voulez-vous ?

– Prenez un miroir et décrivez-moi vos yeux.

« Quelle mauvaise idée, regretta-t-elle, je n'ai que de banals yeux marron. » Dommage qu'il n'ait pas demandé ça à sa mère, si fière de ses yeux bleus.

Stéphanie alla chercher un miroir rond au verre grossissant et s'installa au bord du lit en observant son reflet.

– Le blanc est très blanc, dans le globe.

– Un blanc d'œuf ?

– Un blanc d'émail, qui a l'air profond, consistant, comme une crème solidifiée par un passage au four.

– Très bien. Ensuite…

– Un sertissage noir, subissant une légère torsade, délimite l'iris et exalte les nuances de couleur.

– Ah… racontez-moi.

– Il y a du brun, du bistre, du beige, du fauve, du rouge, parfois comme une pointe de vert. C'est beaucoup plus varié que ça n'en a l'air.

– Dieu est dans les détails. La pupille ?

– Très noire, très sensible. Elle s'arrondit, se rétracte, se fige puis s'élargit. Très bavarde, cette pupille, très émotive.

– Fabuleux… Vos paupières maintenant.

Le jeu continua. Cils, sourcils, implantation des cheveux, lobe des oreilles… Stéphanie, guidée par le regard de cet aveugle, découvrait les infinies nuances du monde visible, les richesses insoupçonnées de son corps.

Au vestiaire, avant de repartir, elle remarqua devant son placard un bouquet de pivoines roses et mauves, encadré d'un élégant feuillage, plus pâle que le céladon. Elle le ramassa pour le rendre à l'accueil, n'imaginant pas une seconde qu'il lui fût destiné, quand une carte se détacha, laquelle portait en lettres calligraphiées « pour Stéphanie, la plus merveilleuse des infirmières ».

De qui recevait-elle cet hommage ? Elle eut beau fouiller le papier de soie de l'emballage, palper les fleurs, explorer les tiges, elle ne décela ni signature ni indice.

De retour chez elle, elle installa le présent en face

de son lit pour le contempler, persuadée qu'il venait de Karl.

Le lendemain, un nouveau bouquet – toujours des pivoines mais jaunes et rouges – l'attendait dès l'aube devant son casier. Même mot galant. Même discrétion de l'envoyeur.

Elle monta aussitôt chambre 221 et tenta, durant sa conversation avec Karl, de vérifier qu'il était bien son généreux fournisseur. Comme elle ne parvenait pas à obtenir d'indices, elle demanda tout à trac :

– Est-ce vous que je dois remercier pour les bouquets d'hier et d'aujourd'hui ?

– Je suis désolé de n'y avoir pas pensé. Non, ce n'est pas moi.

– Vous me le jurez ?

– À ma grande honte.

– Mais alors qui ?

– Quoi ? Vous ne soupçonnez pas qui vous fait la cour ?

– Pas la moindre idée.

– Les femmes sont insensées ! Leur ouvrir les yeux sur nous prend un temps… Heureux pour les mâles que la nature ait inventé les fleurs…

Stéphanie bouda, plus contrariée qu'enchantée, d'autant que les cadeaux continuèrent : chaque jour, une nouvelle composition florale était déposée au pied de son casier.

Par conséquent, Stéphanie fut contrainte d'ouvrir les yeux sur les hommes qui l'entouraient à l'hôpital de la Salpêtrière et constata, avec stupeur, qu'ils étaient nombreux à lui adresser des sourires.

Les premières fois, elle fut terrorisée. Quoi ? Il y avait donc tant de séducteurs autour d'elle, tant de mâles qui la regardaient comme une femme ? Était-ce elle qui ne les avait pas remarqués auparavant ? Ou bien eux qui ne la remarquaient que depuis son aventure avec Karl ? Choquée, presque traumatisée, elle hésita entre garder son attitude précédente – marcher le front baissé, éviter de soutenir les regards, réfréner son sourire – et la nouvelle, chaleureuse, détendue, qui transformait son moindre déplacement en un roman, déclenchant cent contacts visuels, offrant dix occasions de s'arrêter.

Ainsi surgit d'un groupe de brancardiers le visage de Raphaël. Difficile de préciser ce qui la frappa d'abord : les yeux ardents du jeune homme ou la pivoine qu'il portait accrochée à sa blouse. Stéphanie tressaillit et comprit, à ce signe, qu'elle rencontrait son adorateur anonyme.

Ralentie dans sa marche, elle battit des paupières, ouvrit la bouche, chercha une phrase qui ne venait pas, se mit à douter, considéra qu'elle se méprenait puis accéléra ses pas, s'enfuit.

Cependant, elle croisa de nouveau Raphaël en compagnie de ses collègues ; à chaque fois, leur échange de regards la brûlait.

Que faire ? Comment se comporter ? Stéphanie savait d'autant moins réagir qu'elle n'attendait rien du garçon, il l'encombrait. Pouvait-elle s'approcher de lui pour clamer « merci et maintenant arrêtez » ?

Marie-Thérèse lui glissa son avis pendant qu'elles se rendaient à la cantine.

– Je crois bien que Raphaël, le brancardier, il te mange des yeux, Stéphanie.

– Ah oui ? Il n'est pas mal…

– Tu plaisantes ? C'est le plus mignon de l'hôpital. Il a des longs cils de princesse égyptienne. On en est toutes folles. On sera vertes d'envie si c'est toi qui le décroches.

– Moi ? Pourquoi moi ?

– Les fleurs ! Tout le monde est au courant, ma fille. Il est raide dingue de toi.

– Tu ne le trouves pas trop jeune ?

– Trop jeune pour qui ? Il a le même âge que toi.

Marie-Thérèse avait raison. Spontanément, Stéphanie, puisqu'elle avait la révélation de sa séduction auprès de Karl, un homme de quarante ans, se considérait plus âgée, se rangeant dans la catégorie des quadragénaires, et avait d'abord jugé osé, voire indécent, de répondre aux tentatives d'un jouvenceau.

Cette semaine fut tourmentée. Stéphanie ne passait pas trop de temps avec Karl, qui, après une nouvelle opération, se fatiguait vite, d'autant que, entrevoyant par hasard son comportement avec d'autres infirmières, elle saisit qu'auprès d'elle il s'épuisait à se montrer drôle, profond, déconcertant, accomplissant d'excessifs et coûteux efforts. Par ailleurs, elle redoutait de traverser les services et d'y coudoyer Raphaël.

Le samedi et le dimanche suivants, bien qu'elle n'eût pas à y travailler, elle se rendit à l'hôpital. Elle s'habilla au mieux, persuadée que Karl y serait sensible, allant même jusqu'à étrenner la lingerie en dentelle qu'elle venait d'acquérir. Cependant, lorsqu'elle aperçut dans le vestibule quelques anciennes maîtresses, elle rebroussa chemin, troqua son chemisier en soie indienne et sa jupe de jersey contre blouse et pantalon réglementaires puis remonta en infirmière à l'étage.

À ses collègues interloquées, elle expliqua qu'elle accomplissait des heures supplémentaires en ophtalmologie, au pavillon d'en face, puis elle profita de leur inattention pour s'introduire dans la chambre 221. La dernière maîtresse venant de le quitter, Karl lui consacra un moment.

– Avez-vous remarqué ? Mes visiteuses sont moins nombreuses de semaine en semaine. Elles ne m'appréciaient qu'en bonne santé, fort, drôle, valorisant pour elles.

– Vous leur en voulez ?

– Non. C'est sans doute parce qu'elles étaient comme ça, voraces, assoiffées de séduire, de conquérir, de vivre, qu'elles m'ont plu.

– Combien sont revenues ?

– Deux. Il n'y en aura plus qu'une la semaine prochaine. Elles sont arrivées à s'entendre, elles qui se haïssent, pour organiser un relais, obtenir de mes nouvelles en venant le moins possible. Amusant, non ? Au fond, elles sont impatientes de me pleurer, elles ont hâte, elles seront éblouissantes à mon enterrement. Et sincères. Si, si, vraiment.

– Ne dites pas cela, vous guérirez ! Nous allons nous battre ensemble pour vous rétablir.

– Mes maîtresses n'y croient pas…

– Je n'ai même pas envie de me moquer d'elles. Ce ne devait pas être difficile de tomber amoureuse de vous : vous êtes si beau.

– Inutile, la joliesse masculine. Ce qui constitue la séduction d'un homme, ce n'est pas qu'il soit beau,

mais qu'il convainque une femme qu'elle est belle
auprès de lui.

— Blabla !

— Inutile, je vous assure. Gênante, handicapante, la
perfection physique.

— Allons !

— Bon, écoutez : le fait que vous m'estimez décora-
tif, ça vous inspire quoi ? Confiance ou méfiance ?

— Ça m'inspire le désir.

— Merci. Maintenant, soyez sincère : confiance ou
méfiance ?

— Méfiance.

— Vous voyez ! Première méfiance : on suppose que
l'homme beau n'est pas sincère. Deuxième méfiance :
l'homme beau inspire la jalousie. Je n'ai connu que des
femmes jalouses.

— Avaient-elles tort ?

— À la première scène de jalousie, oui. Après, non.
Puisque leurs soupçons précédaient mes actes, je me
sentais contraint de leur donner raison.

Ils rirent, détendus.

— Je vais vous expliquer, Stéphanie, pourquoi on ne
doit jamais être jaloux. Parce que si vous créez une
relation unique avec quelqu'un, elle ne se reproduira
pas. Tenez, en ce moment, pensez-vous que notre discussion, je pourrais la mener avec une autre ?

— Non.

— Donc vous devez considérer qu'avec moi,
Stéphanie, vous n'avez pas de rivale.

Elle sourit puis approcha ses lèvres des siennes pour
susurrer :

— Si.

Il frissonna.

– Qui ?

– La mort. C'est elle qui pourrait me prendre un jour ce que je vis d'unique avec vous.

– Alors vous détestez la mort ?

– Pourquoi suis-je infirmière ? Pourquoi croyez-vous que je m'occupe aussi bien de vous ? Je vous aiderai à guérir.

Ils restèrent un long moment, silencieux, tout près l'un de l'autre, à partager la même émotion. Puis Stéphanie l'embrassa furtivement et s'enfuit.

Lundi matin, au vestiaire, ce n'était pas un bouquet qui attendait Stéphanie, mais Raphaël.

Impressionné, avec dans les yeux l'audace ardente des timides, il tendit d'un geste raide une gerbe de roses à la jeune femme.

– Bonjour, je m'appelle Raphaël.

– Je sais.

– C'est moi qui... depuis... enfin... vous avez compris...

– Oui, je le sais aussi.

Elle l'invita à s'asseoir sur le banc, à côté du long évier.

Le brancardier murmura, comme extasié :

– Tu es belle.

En l'entendant, Stéphanie se rendit compte qu'elle avait quitté le monde des aveugles ; c'était un voyant qui lui disait cela, un voyant aux paupières écarquillées.

– Raphaël, je ne suis pas libre.

Le visage du jeune homme fut déchiré par la douleur.

– C'est impossible, marmonna-t-il.

– Si, je ne suis pas libre.

– Tu vas te marier ?

Sidérée par l'aspect concret de cette question, Stéphanie répliqua d'une voix atone :

– Peut-être. Ce n'est pas prévu. Je... Je l'aime. C'est... c'est comme une maladie.

Stéphanie avait failli avouer que Karl était malade puis, au dernier moment, par prudence, avait rabattu le terme sur elle, afin que le brancardier ne se doutât de rien. Elle insista :

– Voilà, je suis malade de lui. J'ignore quand je guérirai, ni même si je guérirai.

Il réfléchit. Puis il chercha son regard.

– Stéphanie, je me doute bien que je ne suis pas le seul à te courir après, je me doute bien que j'ai des rivaux, je me doute bien que le monde est plein d'hommes qui voudraient vivre avec toi. Cependant, avec mes fleurs, je venais te demander si j'avais une chance, une petite chance.

Stéphanie songea aux pronostics réservés des médecins, à l'inquiétude qu'elle éprouvait chaque matin en entrant dans la chambre de Karl affaibli... Incapable de poursuivre la conversation, elle fondit en larmes.

Déconcerté, Raphaël s'agita d'une fesse sur l'autre, balbutiant le prénom de Stéphanie, cherchant quoi improviser pour endiguer ce fleuve lacrymal. Avec maladresse, il entoura de son bras les épaules de Stéphanie, l'invita à s'appuyer contre lui. Alors qu'elle versait des sanglots, il souriait car, pour la première fois, il percevait l'odeur de Stéphanie et s'en grisait. Stéphanie, abandonnée sur sa poitrine, apprenait que le garçon, alors que les brancardiers sentaient d'ordinaire le tabac refroidi, avait une peau d'une douceur invraisemblable qui dégageait un capiteux parfum de noisette. Confuse, elle se redressa. Tentant de se contrôler, elle se souvint des opérations dont avait parlé le Pr Belfort, s'imagina en train d'aider Karl à se relever, effectuer ses premiers pas… Elle secoua la tête, fixa son soupirant dans les yeux :

— Oublie-moi.

— Je ne te plais pas ?

— Jamais, tu m'entends Raphaël : jamais !

En passant le seuil de la 221, elle déboutonna le haut de sa blouse et aperçut un Karl encore plus pâle, émacié. À son habitude, il ne laissait percer aucun de ses soucis. En lui glissant d'un geste vif un nouvel urinoir sous le drap, elle reconnut à peine ses jambes tant cuisses et mollets avaient fondu. Vivement que le Pr Belfort débute les opérations importantes…

— Eh bien, Stéphanie, vous ne me parlez plus de Ralf…

— C'est fini.

— Tant mieux, c'était un crétin. Alors, qui est votre nouvel ami ?

Stéphanie avait envie de crier « vous, imbécile, je n'aime que vous, aucun homme n'a autant d'importance que vous » mais elle savait que cela ne cadrerait pas avec leurs rapports, qu'il la croyait indépendante, épanouie, heureuse. Elle répondit donc :

— Raphaël.

— Quelle chance il a, ce Raphaël ! En est-il conscient ?

Stéphanie repensa à la scène qu'elle venait de vivre et déclara :

— Oui. Il en est conscient.

Karl enregistra l'information en lui accordant sa juste valeur.

– Tant mieux. Alors vous allez me promettre une chose, Stéphanie… vous voulez bien ?

– Oui.

– Approchez votre oreille, ce genre de demande, je ne peux que la chuchoter et, comme ça, je profiterai mieux de votre odeur.

Stéphanie, collant son oreille aux lèvres ourlées de Karl, écouta, attentive, son murmure. Sitôt qu'il eut achevé, elle protesta :

– Non ! Je ne veux pas ! Ne parlez pas de ça !

Il insista. Elle reposa son oreille contre ses lèvres, puis, les larmes coulant de ses yeux, elle consentit.

L'équipe médicale tenta l'opération décisive. Tournant en rond devant le sas, Stéphanie, qui n'avait pas la foi, implora le ciel pour sa réussite. Le Pr Belfort sortit du bloc en se frottant les mains, pas mécontent. Stéphanie s'accrocha à ce détail pour avoir confiance.

Puis, en quatre jours, l'état de Karl se détériora. Il sombra dans le coma pendant la nuit et, au matin du cinquième, les médecins commencèrent à douter de pouvoir l'en sortir. Stéphanie serra les dents, masqua son désarroi et combattit avec ses collègues pour éloigner la mort qui rôdait autour de la chambre 221.

En fin d'après-midi, elle dut se rendre à la lointaine infirmerie au bout du parc.

Le ciel était d'un bleu de printemps, cru et sans nuage. Un air vif lui emplit les poumons. Les oiseaux pépiaient comme s'ils s'annonçaient un joyeux événement.

Une cloche sonna la demi-heure.

Stéphanie se surprit à espérer ; elle accéléra son pas pour revenir au service de réanimation.

Lorsqu'elle poussa les portes du sas, elle eut l'intuition que quelque chose se produisait.

Au bout du couloir, claquant le battant de sa chambre, les soignants s'affairaient.

Elle courut et passa le seuil.

Karl venait de mourir.

Elle appuya le dos contre le mur puis glissa avec lenteur vers le sol. Là, jambes écartées, sans un mot, sans un cri, elle demeura, les paupières débordées par les larmes.

Ses collègues lui jetèrent un regard de désapprobation : un professionnel ne doit jamais céder à l'émotion sinon l'exercice du métier devient impossible.

Bouleversée, elle se souvint alors des paroles de Karl à son oreille : la promesse !

Elle sauta sur ses jambes, parcourut le corridor à vive allure en s'essuyant les yeux, descendit au rez-de-chaussée, service des urgences, et se dirigea vers Raphaël qui fumait en compagnie des brancardiers.

– As-tu fini ton service ?

– Dans dix minutes.

– Alors nous partons ensemble ! Allons chez toi.

Ébahi, il hésita. Elle se méprit sur ce différé et insista :

– C'est maintenant ou jamais !

– Alors c'est maintenant ! s'exclama Raphaël en lançant la cigarette au loin.

Il la prit par la main et la ramena au vestiaire. En chemin, elle éprouva le besoin de se justifier :

– Tu comprends, je viens vers toi... parce que... parce que...

– J'ai compris. Tu es guérie ?

– Voilà. Je suis guérie.

Une heure après la mort de Karl, Stéphanie, fidèle à sa promesse, se donnait à Raphaël. Elle fit l'amour avec passion et rage. Pas un instant Raphaël ne se douta qu'elle était vierge. Mais en se laissant étreindre par le jeune homme, si c'était bien à Raphaël qu'elle ouvrait ses jambes, c'était à Karl qu'elle disait « Je t'aime ».

Les mauvaises lectures

– Lire des romans, moi ? Jamais !

Alors qu'il vivait cerné de milliers de livres sous lesquels ployaient les planches qui, du sol au plafond, fatiguaient les murs de son appartement sombre, il s'indignait qu'on le crût capable de perdre son temps avec une fiction.

– Des faits, rien que des faits ! Des faits et de la réflexion. Tant que je n'aurai pas épuisé la réalité, je n'octroierai pas une seconde à l'irréalité.

Peu de gens entraient chez lui car Maurice Plisson n'aimait pas recevoir ; cependant, à l'occasion, quand un de ses élèves manifestait une vraie flamme pour sa discipline, il le gratifiait en fin d'année scolaire d'une récompense, ce moment privilégié, une heure avec son professeur autour d'une chope de bière servie avec trois cacahouètes sur la table basse de son salon. À chaque fois, l'étudiant, impressionné par les lieux, les épaules serrées, les genoux collés, parcourait des yeux les rayons et constatait qu'essais, études, biographies, encyclopédies occupaient tout l'espace sans que pointât un livre de littérature.

– Vous n'appréciez pas les romans, monsieur Plisson ?

– Autant me demander si j'apprécie le mensonge.

– À ce point ?

– Écoutez, mon jeune ami, depuis que je me passionne pour l'histoire, la géographie et le droit, malgré quarante-cinq ans de lectures assidues au rythme de plusieurs livres par semaine, j'apprends encore. Que découvrirais-je avec les romanciers qui privilégient la fantaisie ? Non, mais dites-moi : quoi ? S'ils rapportent quelque chose de vrai, je le sais déjà ; s'ils inventent quelque chose de faux, je m'en fous.

– Mais la littérature…

– Je ne veux pas débiner le travail de mes collègues ni entamer votre énergie, d'autant que vous êtes un brillant sujet capable d'entrer à l'École normale supérieure mais, si j'avais droit à la franchise, j'aurais envie de déclarer : arrêtez de nous bassiner avec la littérature ! Fariboles et bagatelles… Lire des romans, ce n'est qu'une occupation de femme seule – encore que le tricot ou la broderie soient plus utiles. Écrire des romans, c'est s'adresser à une population de femmes désœuvrées, guère plus, et vouloir y chercher des suffrages ! N'était-ce pas Paul Valéry, un intellectuel respectable, qui refusait d'écrire un texte commençant par « La marquise sortit à cinq heures » ? Comme il avait raison ! S'il refusait de l'écrire, moi je refuse de lire : « La marquise sortit à cinq heures » ! D'abord, la marquise de quoi ? Où habite-t-elle ? À quelle époque ? Qui prouve qu'il était bien cinq heures, non cinq heures dix ou cinq heures trente ? Qu'est-ce que ça changerait d'ailleurs, si c'était dix heures du matin ou dix heures du soir puisque tout est faux ? Vous voyez, le roman, c'est le règne de l'arbitraire et du n'importe quoi. Je suis un homme sérieux. Je n'ai ni place, ni temps, ni énergie à consacrer à des bêtises pareilles.

Sa démonstration lui semblait imparable et, cette année comme les précédentes, elle produisit un effet identique : son interlocuteur ne répliqua pas. Maurice Plisson avait gagné.

S'il avait entendu les pensées de son étudiant, il aurait décelé que ce silence ne signifiait pas la victoire. Troublé par ce ton péremptoire, jugeant cette théorie trop tranchée pour un homme intelligent, le jeune homme se demandait pourquoi son professeur se tenait à distance de l'imaginaire, pour quels motifs il se méfiait de l'art ou de l'émotion, et s'étonnait surtout qu'un mépris concernant « les femmes seules » vînt justement d'un « homme seul ». Car il était de notoriété publique au lycée du Parc que M. Plisson était « un vieux garçon », un « célibataire endurci », qu'on ne l'avait jamais croisé en compagnie féminine.

Maurice Plisson proposa d'ouvrir une nouvelle bouteille de bière, manière de marquer l'expiration de l'entretien. L'élève comprit, bafouilla des remerciements et suivit son professeur jusqu'à la porte.

– Bonnes vacances, cher khâgneux. Et souvenez-vous qu'il serait fructueux que, dès le mois d'août, vous commenciez à réviser votre histoire ancienne car, dans le courant de l'année prochaine, vous n'en aurez guère le temps avant le concours.

– Bien, monsieur. Histoire grecque, histoire latine à partir du 1er août, je suivrai votre conseil. Il va falloir que mes parents acceptent d'emporter une malle de livres en vacances.

– Où serez-vous ?

– En Provence où ma famille a une propriété. Et vous ?

Si l'étudiant avait posé la question par un

automatisme de politesse, elle surprit néanmoins Maurice Plisson. Il cligna des paupières et chercha du secours dans le lointain.

– Mais... mais... en Ardèche, cette année.

– J'adore l'Ardèche. Où ça ?

– Mais... mais... écoutez, je ne sais pas, c'est... une amie qui a loué une maison. D'ordinaire, nous accomplissons des voyages organisés, or, cet été, ce sera un séjour en Ardèche. Elle a décidé pour nous, elle s'en est occupée et... je n'ai pas retenu le nom du village.

L'étudiant accueillit avec bienveillance le trouble de son professeur, lui serra la main et descendit les marches quatre à quatre, impatient de rallier ses camarades pour propager la nouvelle du jour : Plisson avait une maîtresse ! Tous les fabricants de ragots s'étaient trompés sur son compte, ceux qui le pensaient homosexuel, ceux qui le disaient client des prostituées, ceux qui le croyaient encore vierge... en vérité Plisson, quoique laid, avait une femme dans sa vie depuis des années, une femme avec laquelle il effectuait le tour du monde, qu'il rejoignait en période de congés, et, peut-être, chaque vendredi soir. Pourquoi ne vivaient-ils pas ensemble ? Deux solutions. Soit elle habitait loin... Soit elle était mariée... Sacré Plisson, il allait devenir le centre des bavardages, cet été, chez ses élèves de classe préparatoire.

En refermant sa porte, l'enseignant se mordit les lèvres. Pourquoi avait-il parlé ? Jamais, en trente ans de carrière, il n'avait laissé percer le moindre indice sur sa vie privée. Comment avait-il pu flancher... C'était à cause de cette question : « Où, en Ardèche ? »… il s'était rendu compte qu'il avait oublié… lui qui avait une mémoire d'acier, lui qui retenait tout… ça l'avait tant troublé que, du coup, en voulant justifier cette lacune, il avait mentionné Sylvie…

Qu'avait-il dit ? Oh, peu importe… Les maladies qu'il appréhendait s'annonçaient comme ça, par une confusion, un lapsus, un souvenir qui se dérobe… Maintenant, sa tête bouillait. La fièvre, c'était certain ! Était-ce le deuxième symptôme ? Un cerveau pouvait-il dégénérer aussi vite ?

Il composa le numéro de Sylvie et, pendant que la sonnerie retentissait à l'autre bout de la ligne téléphonique, parce qu'elle ne prenait pas tant de temps pour répondre d'habitude, il craignit de s'être trompé, sans s'en rendre compte, de numéro…

« C'est encore plus grave que je ne crois. Si j'ai confondu les chiffres, si quelqu'un d'autre me parle, je raccroche et je file sans perdre une seconde à l'hôpital. »

Au dixième signal, une voix répondit avec étonnement :

– Oui ?

– Sylvie ? s'enquit-il, le souffle court, d'un timbre éteint.

– Oui.

Il respira : ce n'était pas aussi grave, au moins avait-il formé le numéro adéquat.

– C'est Maurice.

– Oh pardon, Maurice, je ne te reconnaissais pas. J'étais au fond de l'appartement en train de… Que se passe-t-il ? Ce n'est pas l'heure où tu m'appelles d'ordinaire…

– Sylvie, où allons-nous, en Ardèche, cet été ?

– Dans la maison d'une amie… enfin, une amie d'amies…

– Comment s'appelle l'endroit ?

– Aucune idée…

Atterré, Maurice battit des paupières, crispa ses doigts sur le combiné téléphonique : elle aussi ! Nous sommes atteints tous les deux.

– Figure-toi que moi non plus, glapit Maurice, j'ai été incapable de redire le nom que tu m'avais donné quand un élève m'a posé la question.

– Maurice, je ne vois pas comment tu aurais pu répéter quelque chose que je ne t'ai pas dit. Cette amie… ou plutôt cette amie d'amies… bref, la propriétaire m'a dessiné un plan pour que nous nous y rendions car le terrain se trouve dans une zone rurale isolée, loin des villages.

– Ah bon ? Tu ne m'as rien dit ?

– Non.

– Tu en es certaine ?

– Oui.

– Donc je n'ai rien oublié ? Alors tout va bien ! s'exclama Maurice.

– Attends, dit-elle sans soupçonner de quelle angoisse elle soulageait son interlocuteur, je vais chercher mon papier pour répondre à ta question.

Maurice Plisson glissa dans le fauteuil Voltaire qu'il avait hérité d'une grand-tante et sourit à son appartement, lequel lui sembla soudain aussi beau que le château de Versailles. Sauvé ! Rescapé ! Sain et sauf ! Non, il ne quitterait pas de sitôt ses chers livres, son cerveau fonctionnait, la maladie d'Alzheimer campait dehors,

hors de l'enceinte fortifiée de ses méninges. Éloignez-vous, menaces et fantasmes !

Aux craquements que lui transmettait son téléphone, il devina que Sylvie compulsait des papiers ; enfin, il entendit un cri de victoire.

— Voilà, je l'ai. Tu es toujours là, Maurice ?

— Oui.

— Nous serons dans les gorges de l'Ardèche, une maison construite au bout d'une route qui n'a pas de nom. Je t'explique : après le village de Saint-Martin-des-Fossés, on prend le chemin des Châtaigniers ; là, au troisième sentier après le carrefour qui présente une statue de Marie, on avance pendant deux kilomètres. Ça te va comme réponse ?

— Ça me va très bien.

— Tu veux faire suivre ton courrier ?

— Pour deux semaines, ce n'est pas utile.

— Moi non plus. Surtout avec une adresse pareille.

— Bon, Sylvie, je ne veux pas te déranger davantage. Comme tu sais, le téléphone et moi… À samedi, donc ?

— À samedi, dix heures.

Dans les jours qui suivirent, Maurice vécut sur l'allégresse qui avait achevé cet entretien : non seulement il était en pleine forme mais il partait bientôt en vacances !

Comme tant de célibataires sans vie sexuelle, il se montrait fort soucieux de sa santé. Sitôt qu'on évoquait une maladie devant lui, Maurice s'imaginait l'attraper et dès lors surveillait son éventuelle apparition. Plus la maladie se dévoilait par des symptômes vagues, peu caractéristiques, tels la fatigue, les maux de tête, la transpiration et les dérangements gastriques, plus long-temps il pouvait redouter d'en être attaqué. Son méde-cin avait coutume de le voir débarquer, fébrile, mains tremblantes, bouche sèche, au moment de la fermeture du cabinet pour obtenir confirmation de sa proche agonie. À chaque fois, le praticien opérait une analyse approfondie – ou du moins donnait cette impression –, rassurait son client et le renvoyait chez lui aussi heu-reux que s'il l'avait guéri d'une réelle atteinte.

Ces soirs-là, ces soirs de délivrance, ces soirs où on rendait la liberté à un condamné à mort, Maurice Plisson se déshabillait et se contemplait dans le miroir en pied de sa chambre à coucher – un souvenir de sa grand-mère, une solide armoire en loupe dotée d'une glace intérieure – avec satisfaction. Certes, il n'était pas beau, pas plus beau qu'avant, mais il était sain. Entièrement sain. Et ce corps dont personne ne vou-lait, il était plus pur que bien des corps séduisants, il vivrait encore longtemps. Ces soirs-là, Maurice Plisson s'aimait. Sans ces intenses peurs qu'il s'inoculait, peut-être aurait-il été incapable de s'allouer cette affection. D'ailleurs, qui la lui aurait apportée ?

Le samedi à dix heures, il klaxonna devant l'immeuble où il avait rendez-vous.

Sylvie apparut au balcon, grosse, hilare, mal habillée.

– Salut, cousin !

– Salut, cousine !

Sylvie et lui se fréquentaient depuis l'enfance. Jeunes, lui fils unique, elle fille unique, ils s'étaient adorés au point de se promettre de s'épouser plus tard. Hélas, un oncle, mis dans la confidence, leur avait expliqué

qu'entre cousins germains, le mariage demeurait interdit, ce qui freina leurs projets matrimoniaux mais pas
leur entente. Fut-ce l'ombre portée par cette noce
empêchée qui les empêcha de former d'autres unions ?
Ne se résolurent-ils jamais à envisager un autre couple
que ce couple original ? Désormais, ils avaient cinquante ans chacun, des échecs sentimentaux derrière
eux, et s'étaient résignés au célibat. Ils passaient du
temps ensemble, comme autrefois, au moment des
vacances, avec autant, sinon davantage de plaisir car
leurs retrouvailles semblaient abolir le temps et les
duretés de la vie. Chaque année, ils se consacraient un
demi-mois ; l'Égypte, l'Italie, la Grèce, la Turquie, la
Syrie, le Liban et la Russie avaient reçu la visite du duo,
Maurice appréciant les voyages culturels, Sylvie les
voyages tout court.

En un ouragan de voiles et de châles qui flottaient
autour de son corps massif, elle franchit le seuil de
l'immeuble, lança un clin d'œil à Maurice, fendit le
pavé jusqu'au garage pour fourguer une dernière valise
dans la gueule de sa minuscule voiture. Maurice se
demanda pourquoi cette femme obèse acquérait systé-
matiquement de petits véhicules ? Outre qu'ils la rendaient encore plus volumineuse, ils devaient se révéler
peu pratiques à l'usage.

– Eh bien, Maurice, à quoi tu penses ?

Elle s'approcha et l'embrassa avec vigueur.

Écrasé contre cette monumentale poitrine, cherchant sur la pointe des pieds à atteindre une joue où
déposer un baiser, il se vit soudain telle la voiture de
Sylvie. Chétif, creux de poitrine, bas de taille, gracile
des articulations, sur une photo à côté de Sylvie et de

sa mini, il aurait donné l'impression d'appartenir à sa collection.

— Je regardais le parking autour de moi et je me rappelais que, dans ma rue, il y a deux Noirs qui ont des limousines blanches. Noir. Blanc. Le contraire. As-tu remarqué ça ?

Elle éclata de rire.

— Non mais tu me remets en mémoire qu'une de mes collègues à la mairie, Mme N'Da, possède un bichon, un chien crème, dont elle est folle.

Maurice allait sourire quand il constata avec effroi que sa voiture, longue, haute, solide, carrossée selon des proportions américaines, confirmait cette loi des contraires. Jamais il n'avait soupçonné que lui aussi compensait un complexe par le choix de son automobile.

— Maurice, je te sens chiffonné...

— Non, tout va bien. Et toi, depuis des mois qu'on se parle au téléphone sans se voir, comment vas-tu ?

— Au top ! Toujours au top, mon Maurice !

— Tu as changé quelque chose à ta coiffure ?

— Oh, à peine... Qu'en penses-tu ? C'est mieux ?

— Oui, c'est mieux, répondit Maurice sans se poser la question.

— Tu aurais pu noter aussi que j'ai perdu cinq kilos mais ça, personne ne le voit.

— Justement, je m'interrogeais...

— Menteur ! De toute façon, c'est cinq kilos de cervelle que j'ai perdus, pas cinq kilos de gras. Alors ces cinq kilos-là, ça ne peut pas se voir, ça peut juste s'entendre !

Elle partit dans un énorme rire à gorge déployée.

Sans s'esclaffer avec elle, Maurice la considéra néanmoins avec indulgence. Avec le temps, l'affection s'était étayée de lucidité : il savait sa cousine fort différente de lui, peu cultivée, trop sociable, appréciant les repas gargantuesques, les blagues salaces et les joyeux lurons mais il ne lui en voulait pas ; comme elle était la seule personne qu'il aimait, il avait décidé de l'aimer bien, c'est-à-dire telle qu'elle était. Même la pitié qu'il éprouvait envers son physique ingrat – de plus en plus ingrat maintenant que les années s'ajoutaient – lestait sa tendresse. Au fond, cette compassion qu'il adressait à la disgrâce physique de Sylvie, c'était un ersatz de celle qu'il aurait pu s'accorder.

Quittant Lyon et ses sinueux échangeurs routiers, ils roulèrent l'un derrière l'autre pendant plusieurs heures. À mesure qu'ils descendaient vers le Sud, la chaleur changeait de consistance : touffue, paralysante, immobile dans le bassin lyonnais, tel un bouclier de plomb brûlant au-dessus des mortels, elle s'allégea d'un vent agréable tandis qu'ils suivaient le Rhône, puis elle sécha et gagna quelque chose de minéral quand ils entrèrent en Ardèche.

Au milieu de l'après-midi, après des erreurs qui égayèrent beaucoup Sylvie, ils parvinrent à emprunter le sentier sauvage et poussiéreux qui les amena à la villa.

Maurice perçut aussitôt que les qualités du lieu pouvaient devenir ses défauts : accrochée à une pente rocheuse où survivaient de rares buissons assoiffés, la demeure en pierre naturelle, aussi ocre que les reliefs qui l'entouraient, se dressait à des kilomètres du village, plusieurs centaines de mètres des voisins.

– Excellent, s'exclama-t-il pour emporter l'assentiment de Sylvie, dubitative, un lieu de repos idéal !

Elle sourit et décida d'être de son avis.

Une fois qu'ils eurent choisi leur chambre et débarqué leurs affaires – des livres pour Maurice –, Sylvie s'assura que la télévision et la radio fonctionnaient puis proposa d'aller s'approvisionner dans la grande surface des environs.

Maurice l'accompagna car, connaissant le tempérament de sa cousine, il redoutait qu'elle n'achetât trop et trop cher.

Poussant le chariot, il parcourut les rayons avec Sylvie qui avait envie de tout, babillait, comparait les produits avec ceux qu'on trouvait près de chez elle, prenait les vendeurs à partie. Une fois que le plus périlleux fut accompli – empêcher Sylvie de vider l'étalage charcuterie dans son caddie –, ils remontèrent vers les caisses.

– Ne bouge plus, je vais prendre un livre ! s'exclama Sylvie.

Maurice maîtrisa son irritation car il voulait réussir ses vacances ; cependant, en pensée, il fusilla la malheureuse. Se procurer un livre dans un supermarché ! Avait-il, une seule fois en sa vie, acquis un livre, un seul, dans un supermarché ? Un livre, c'était un objet sacré, précieux, dont on découvrait d'abord l'existence au sein d'une liste bibliographique, sur lequel on se renseignait, puis, le cas échéant, qu'on convoitait, dont on écrivait les références sur un papier, qu'on allait chercher ou commander chez un libraire digne de ce nom. En aucun cas, un livre ne se cueillait au milieu des saucisses, des légumes et des lessives.

– Triste époque…, murmura-t-il entre ses lèvres.

Sans complexe, Sylvie gambadait parmi les piles ou les tables de livres comme s'ils étaient appétissants. D'un regard rapide, Maurice constata qu'il n'y avait là, naturellement, que des romans et, à l'instar d'un martyr, il attacha ses yeux au plafond en attendant que Sylvie achevât de renifler telle couverture, humer ce volume, soupeser celui-là, feuilleter l'intérieur des pages comme si elle vérifiait que la salade n'était pas terreuse.

Soudain, elle poussa un cri.

— Extra ! Le dernier Chris Black !

Maurice ignorait qui était ce Chris Black qui déclenchait un préorgasme chez sa cousine et dédaigna de prêter attention au volume qu'elle jeta sur l'amoncellement de provisions.

— Tu n'as jamais lu Chris Black ? C'est vrai que tu ne lis pas de romans. Écoute, c'est extraordinaire. Ça se dévore d'une traite, tu salives à chaque page, tu ne peux pas lâcher le livre avant de l'avoir fini.

Maurice remarqua que Sylvie parlait de ce livre comme d'un plat.

« Après tout, ils ont raison, ces commerçants, de disposer les livres avec la nourriture, pensa-t-il, car, pour ce genre de consommateurs, c'est équivalent. »

— Écoute, Maurice, si tu veux me faire plaisir un jour, tu liras un Chris Black.

— Écoute Sylvie, pour te faire plaisir, je supporte que tu me parles de ce Chris Black que je ne connais ni d'Ève ni d'Adam, et c'est déjà beaucoup. Ne compte pas sur moi pour le lire.

— C'est trop bête, tu vas mourir idiot.

— Je ne crois pas. Et le cas échéant, ce ne serait pas à cause de ça.

– Oh, tu estimes que j'ai mauvais goût… Cependant, quand je lis Chris Black, je me rends compte que je ne lis pas Marcel Proust, je ne suis pas niaise.

– Pourquoi ? As-tu lu Marcel Proust ?

– Là, Maurice, tu es méchant. Non, tu sais très bien que je n'ai pas lu Marcel Proust, au contraire de toi.

Empreint de dignité blessée, telle une sainte Blandine de la culture, Maurice sourit, comme si on lui concédait enfin un mérite qu'on lui aurait mégoté auparavant. Au fond, il se délectait à l'idée que, pour sa cousine comme pour ses étudiants, il avait forcément lu Marcel Proust, ce qu'il n'avait jamais tenté puisqu'il était allergique à la littérature romanesque. Tant mieux. Il ne démentirait pas. Il avait lu tant d'autres volumes… Normal qu'on ne prête qu'aux riches, non ?

– Maurice, je me doute que je ne lis pas un immense chef-d'œuvre mais, en revanche, je passe un moment formidable.

– Tu es libre, tu as le droit de te divertir comme tu veux, ça ne me regarde pas.

– Fie-toi à moi : si tu t'ennuies, Chris Black c'est aussi fameux que Dan West.

Il ne put réprimer un gloussement.

– Chris Black, Dan West… Même leurs noms sont sommaires, deux syllabes, quasi des onomatopées, aisés à retenir. Un débile qui mâche un chewing-gum au Texas pourrait les répéter sans se tromper. Tu crois que ce sont leurs vrais patronymes ou qu'on les rebaptise ainsi pour appliquer les lois du marketing ?

– Que veux-tu dire ?

– Je veux dire que Chris Black ou Dan West, c'est plus lisible en tête de gondole que Jules Michelet.

Sylvie allait répondre lorsqu'elle poussa de hauts cris en apercevant des amies. Elle bondit sur trois femmes aussi imposantes qu'elle en agitant ses mains boudinées.

Maurice en éprouva du dépit. Sylvie allait lui échapper pendant une copieuse demi-heure, temps minimum d'une conversation qui ne durait pas, chez elle.

De loin, il adressa un léger signe aux amies de Sylvie, histoire de souligner qu'il ne se joindrait pas au colloque improvisé, et prit son mal en patience. Les coudes appuyés sur le rebord du chariot, il laissa son regard errer parmi les produits. La couverture du livre l'arrêta. Quelle vulgarité ! Du noir, du rouge, de l'or, des lettres gonflées, un graphisme excessif, expressionniste, qui voulait donner l'impression que ce volume contenait des choses terribles, comme si on avait posé une étiquette qui alerterait par un « Attention poison » ou un « Ne pas toucher, ligne d'électricité à haute tension, danger de mort ». Et ce titre, *La Chambre des noirs secrets*, difficile de trouver plus con, non ? Gothique et contemporain, l'addition de deux mauvais goûts ! En plus, comme si le titre ne suffisait pas, l'éditeur avait ajouté cette réclame : « Quand vous refermerez ce livre, la peur ne vous quittera plus ! » Quelle misère… Ce livre-là, pas besoin de l'ouvrir pour savoir que c'est de la merde.

Chris Black… Plutôt mourir que lire un ouvrage de Chris Black ! Et puis c'est corpulent, c'est plantureux – comme Sylvie, d'ailleurs –, c'est censé vous en fournir pour votre argent.

Vérifiant que Sylvie et ses amies, absorbées par leur conversation, ne l'observaient pas, il retourna le volume d'un geste discret. Combien de pages, ce pavé ? Huit cents pages ! Quelle horreur ! Quand je pense qu'on abat des arbres pour ça, imprimer les immondices de M. Chris Black... Il doit vendre des millions de volumes dans le monde entier, ce salaud... À cause de lui on détruit une forêt de trois cents ans à chaque best-seller, vlan, on coupe, la sève coule ! Voici pourquoi on bousille la planète, on supprime les poumons du globe, ses réserves d'oxygène, ses écosystèmes, pour que de grosses femmes lisent ces gros livres qui valent zéro ! Ça me dégoûte...

Puisque la conversation des copines se poursuivait sans qu'elles se souciassent de lui, il se pencha pour lire la quatrième de couverture.

Si elle avait su jusqu'où l'aventure la mènerait, Eva Simplon, agent du F.B.I., ne se serait pas attardée dans la maison de Darkwell. Cependant, comme elle vient d'en hériter d'une lointaine tante, elle y habite le temps d'organiser les visites pour la vendre. N'aurait-elle pas dû refuser ce cadeau empoisonné ? Car son séjour lui réserve des surprises aussi mystérieuses qu'angoissantes... Qui se réunit, à minuit passé, dans cette chambre inaccessible, au centre de la demeure, dont elle ne détecte pas l'entrée ? Que signifient ces chants psalmodiés dans la nuit ? Et qui sont ces étranges acheteurs qui proposent des millions de dollars pour acquérir une bicoque isolée ?

Quel est ce manuscrit du XVIe siècle dont lui a parlé, un jour, sa tante défunte ? Que contient-il d'explosif qui justifie tant de convoitise ?

L'agent Eva Simplon n'étant pas au bout de ses peines, le lecteur risque de perdre le sommeil en même temps qu'elle.

Ah, c'est croquignolet... Si crétin qu'on se représente déjà le film – Maurice Plisson détestait aussi le cinéma –, avec violons stridents, éclairages bleus et pouffiasse blonde courant dans les ténèbres… Le fascinant, ce n'est pas qu'il y ait des imbéciles pour lire ça, mais qu'il y ait un malheureux pour l'écrire. Il n'y a pas de sot métier, cependant on peut viser une manière moins indigne de payer son loyer. En plus, ça doit prendre des mois, pondre ces huit cents pages. Deux solutions : soit ce Chris Black est un porc infatué de son talent, soit c'est un esclave auquel un éditeur a braqué un pistolet sur la tempe. « Huit cents pages, mon vieux, pas une de moins ! » « Pourquoi huit cents, monsieur ? » « Parce que, pauvre taré, merdeux de scribouillard, l'Américain moyen ne peut consacrer que vingt dollars de son budget mensuel et trente-cinq heures de son temps mensuel à la lecture, alors tu me produis un livre de vingt dollars et de trente-cinq heures de lecture, O.K. ? Pas besoin de déborder, ni plus ni moins. C'est le bon rapport qualité-prix, la loi du marché. Pigé ? Et arrête de me citer Dostoïevski, je déteste les communistes. »

Accoudé au chariot, les épaules secouées par une joie moqueuse, Maurice Plisson s'amusait d'avoir inventé cette scène. Sacré Chris Black, il fallait le plaindre, au fond.

Arriva ce qu'il craignait, Sylvie insista pour lui présenter ses amies.

– Viens, Maurice, c'est par elles que j'ai déniché cette location. Grace, Audrey et Sofia séjournent non loin de nous, à trois kilomètres. Nous aurons l'occasion de nous revoir.

Maurice bredouilla quelques phrases en apparence aimables en se demandant si le Parlement ne devrait pas promulguer une loi interdisant d'attribuer des noms de belles femmes – Grace, Audrey, Sofia – à des boudins. Puis on se promit des orangeades, des parties de boules, des promenades dans la nature et l'on se quitta à grands coups de « À bientôt ! ».

En rentrant à la villa, pendant que la campagne désertique défilait derrière sa vitre, Maurice ne put se retenir de songer à *La Chambre des noirs secrets* – quel titre insensé – dont un détail avait piqué sa curiosité. Quel pouvait être le manuscrit du XVIe siècle autour duquel l'intrigue tournait ? Ce devait être une œuvre existante, les romanciers américains manquant d'imagination, d'après ce que ses collègues littéraires affirmaient. Un traité d'alchimie ? Un mémoire des Templiers ? Un registre de filiations inavouables ? Un texte d'Aristote qu'on croyait perdu ? Malgré lui, Maurice ne cessait d'échafauder des hypothèses. Après tout, Chris Black, ou celui qui se cachait derrière ce pseudonyme, n'était peut-être pas une boursouflure qui s'octroyait du génie mais un chercheur honnête, un érudit, un de ces universitaires brillants que les États-Unis savent produire et ne veulent pas payer… Pourquoi pas quelqu'un comme lui, Maurice Plisson ? Ce brave lettré n'aurait accepté de rédiger cette infâme bouillie que pour honorer ses dettes ou nourrir sa famille. Tout n'était peut-être pas mauvais dans ce livre…

Maurice s'en voulut de témoigner cette indulgence et décida de penser à des sujets plus sérieux. Aussi ce fut presque malgré lui qu'il subtilisa le livre en vidant les provisions de la malle : profitant d'un trajet entre la voiture et l'office, en trois secondes il le glissa dans un porte-parapluie en porcelaine.

Sylvie, tout à l'installation de sa cuisine, à la préparation du repas du soir, ne s'en rendit pas compte. Pour l'empêcher d'y penser, Maurice alla jusqu'à proposer de regarder la télévision, précisant cependant que lui, à son habitude, irait rapidement se coucher.

« Si je la plante devant le poste, elle ne songera plus à lire et elle restera scotchée sur son fauteuil jusqu'au dernier bulletin météo. »

Son plan se révéla juste. Ravie de découvrir que son cousin acceptait des plaisirs aussi simples qu'une soirée devant un film, Sylvie proclama qu'ils allaient passer des vacances extra et qu'ils avaient eu raison de ne pas voyager cette année, ça les changerait.

Après une demi-heure d'un film qu'il ne regardait pas, Maurice bâilla avec ostentation et avertit qu'il allait s'étendre.

– Ne bouge pas, ne baisse pas le son, je suis si fatigué par le voyage que je vais m'assoupir tout de suite. Bonsoir, Sylvie.

– Bonne nuit, Maurice.

En traversant le hall, il attrapa le livre au cul du récipient, le glissa sous sa chemise, monta vite dans sa chambre où il expédia sa toilette, ferma sa porte, s'installa au lit avec *La Chambre des noirs secrets*.

« Je veux juste vérifier quel est ce manuscrit du XVIe siècle », décida-t-il.

Vingt minutes plus tard, il ne se posait plus cette question ; la distance critique qu'il voulait garder avec le texte avait tenu peu de pages ; dès la fin du premier chapitre, il avait attaqué le deuxième sans respirer ; son sarcasme fondait dans sa lecture comme le sucre dans l'eau.

À sa grande surprise, il apprit que l'héroïne, l'agent du F.B.I. Eva Simplon était une lesbienne ; cela le frappa tant qu'il devint dès lors incapable de mettre en doute les actes ou les pensées que l'auteur lui prêtait. De plus, la marginalisation où sa sexualité plaçait cette belle femme renvoyait Maurice à sa propre marginalisation, celle de sa laideur, de sorte qu'il ne tarda pas à éprouver une forte sympathie pour Eva Simplon.

Entendre Sylvie éteindre la télévision et monter d'un pas lourd l'escalier lui rappela qu'il était censé dormir. Vil, il éteignit sa lampe de chevet. Hors de question qu'elle sache qu'il veillait ! Encore moins qu'elle réalise qu'il lui avait piqué son livre ! Et qu'elle le reprenne...

Les minutes qu'il endura dans les ténèbres furent longues, tracassières. La maison craquait de mille bruits compliqués à identifier. Sylvie avait-elle pensé à boucler les issues ? Sûrement pas ! Il connaissait sa nature confiante. Ne se rendait-elle pas compte qu'ils habitaient une bâtisse étrangère, érigée au milieu de nulle part sur une terre sauvage ? Qui certifiait que la région n'était pas infestée de rôdeurs, de malfaiteurs, d'individus sans scrupules prêts à tuer pour une carte de crédit ? Peut-être même sévissait-il un maniaque qui pénétrait dans les villas pour égorger les habitants ? Un tueur en série. Le boucher des gorges de l'Ardèche. Voire une bande... À l'évidence, tout le monde le savait dans le coin sauf eux, les nouveaux venus, parce qu'on ne les avait pas prévenus, les transformant en cibles idéales ! Il frissonna.

Dilemme : se lever pour contrôler le verrouillage en se signalant à Sylvie ou bien permettre à des êtres malintentionnés de s'introduire, de se cacher dans un placard ou à la cave ? À cet instant, un son lugubre déchira la nuit.

Un hibou ?

Oui. Certainement.

Ou un homme qui imite un hibou pour rassembler ses complices ? Rien de plus classique chez les malfaiteurs. Non ?

Non ! Un hibou, bien sûr.

Le cri reprit.

Maurice se mit à transpirer, ses lombaires se trempèrent. Que dénotait cette répétition ? Cela prouvait-il que c'était un vrai hibou ou la réponse du complice ?

Il se redressa et bondit sur ses savates. Plus une minute à perdre. Peu importe ce que penserait Sylvie, une bande de psychopathes l'alarmait davantage que sa cousine.

En déboulant dans le couloir, il perçut des clapotis de douche ; cela le conforta : elle n'entendrait pas qu'il descendait.

Arrivé en bas, en voyant le salon et la salle à manger baignés d'une lumière spectrale, il constata avec horreur qu'elle avait laissé tout ouvert. Aucun volet de fenêtres, ni de portes-fenêtres, n'avait été clos, il suffisait de briser une vitre pour entrer. Quant à la porte, elle offrait sa clé dans sa serrure, même pas tournée. Pauvre folle ! Avec des gens comme elle, il ne fallait pas s'effarer que des carnages se produisissent.

En hâte, il sortit et, sans prendre le temps de respirer tant il craignait de perdre une seconde, il repoussa les panneaux de bois, courant de fenêtre en fenêtre, n'osant pas regarder la campagne grise derrière lui, redoutant à chaque instant qu'une main ne s'abattît sur sa nuque pour l'assommer.

Puis il rentra, tourna la clé, tira les loquets, abaissa les clenches et exécuta une nouvelle course à l'intérieur pour bloquer les contrevents par leur barre.

Le sprint achevé, il s'assit pour reprendre son souffle. À mesure que son cœur tapait moins, puisque tout semblait calme autour de lui, il comprit qu'il venait de traverser une crise de panique.

« Que t'arrive-t-il, mon pauvre Maurice ? Des terreurs comme ça, tu n'en as pas vécu depuis ton enfance. »

Il se rappelait avoir été un petit garçon peureux mais il estimait qu'une telle fragilité gisait désormais derrière lui, dans un monde évanoui, en un Maurice qui avait disparu. Cela pouvait-il revenir ?

« Ce doit être ce livre ! Il n'y a pas de quoi être fier de moi. »

En marmonnant, il remonta dans sa chambre.

Au moment de débrancher la lampe, il hésita.

« Encore quelques pages ? »

S'il n'éteignait pas, Sylvie, au cas où elle se relèverait, verrait la lumière glisser sous la porte de son cousin et s'étonnerait qu'il veille alors qu'il avait prétendu tomber de sommeil.

Il chercha dans l'armoire à linge un édredon, le déposa au pied de sa porte pour obstruer l'espace, ralluma, se réinstalla pour lire.

Cette Eva Simplon ne le décevait pas. Elle raisonnait comme lui, elle critiquait comme lui, quitte à souffrir ensuite de son exigence critique. Oui, tout comme lui. Il appréciait beaucoup cette femme.

Deux cents pages plus loin, ses paupières luttaient

tant pour rester ouvertes qu'il se résolut à dormir et décrocha. En tapotant son oreiller pour s'installer, il se remémora les nombreuses notes en bas de page qui évoquaient les aventures précédentes dont Eva Simplon était également l'héroïne. Quel bonheur ! Il pourrait la retrouver dans d'autres livres.

Au fond, Sylvie n'avait pas tort. Ce n'était pas de la grande littérature mais c'était passionnant. De toute façon, il ne chérissait pas la grande littérature non plus. Demain, il faudrait qu'il s'arrange pour s'isoler, continuer sa lecture.

Il s'engourdissait quand une idée le dressa sur son matelas.

« Sylvie... bien sûr... »

Pourquoi ne l'avait-il pas remarqué plus tôt ?

« Mais oui... C'est pour ça qu'elle adore les romans de Chris Black. Quand elle m'avouait ça, elle ne parlait pas de Chris Black, elle parlait d'Eva Simplon. Plus de doute : Sylvie est lesbienne ! »

La vie de sa cousine repassa dans son esprit tel un album de photos feuilleté à toute vitesse : penchant excessif pour le père qui aurait préféré qu'elle fût un garçon, échecs et ruptures avec des hommes que l'on ne rencontrait jamais, en revanche à chaque anniversaire depuis cinquante ans ses copines filles, ses camarades filles, ses amies filles... Tantôt, les trois femmes qu'elle avait croisées avec enthousiasme – un enthousiasme suspect, non ? – ne ressemblaient-elles pas, avec leurs cheveux courts de garçon, leurs vêtements masculins, leurs gestes sans grâce, à la supérieure d'Eva Simplon dans le roman, Josépha Katz, cette gouine adipeuse qui hante les boîtes saphiques de

Los Angeles et conduit une Chevrolet en fumant un cigare ? Évidemment…

Maurice gloussa. Cette découverte ne le déconcertait que parce qu'elle venait si tard.

« Elle aurait pu me le dire. Elle aurait dû me le dire. Je peux comprendre des choses comme ça. Nous en parlerons demain si… »

Ce furent ses derniers mots avant de sombrer dans l'inconscience.

Hélas, le lendemain ne se déroula pas comme il l'avait prévu. Sylvie, reconnaissante à son cousin d'avoir inauguré le séjour en acceptant une modeste soirée devant la télévision, lui proposa un voyage culturel ; guide en main, elle avait combiné un périple qui permettrait de visiter des grottes préhistoriques et des églises romanes. Maurice n'eut pas le cran de résister, d'autant qu'il n'imaginait pas lui avouer son seul désir, rester à la maison pour lire Chris Black.

Entre deux chapelles, alors qu'il se promenait sur le rempart fortifié d'un village médiéval, il décida d'avancer néanmoins sur un autre front, celui de la vérité.

– Dis-moi, Sylvie, serais-tu choquée d'apprendre que je suis homosexuel ?

– Ah mon Dieu, Maurice, tu es homosexuel ?

– Non, je ne le suis pas.

– Alors pourquoi me demandes-tu ça ?

– Pour te signaler que moi, je ne serais pas choqué d'apprendre que tu es lesbienne.

Son visage devint cramoisi. Elle ne trouvait plus son souffle.

– Que racontes-tu, Maurice ?

– Je veux juste dire que quand on aime vraiment les gens, on peut tout admettre.

– Oui, je suis d'accord.

– Donc, tu peux te confier, Sylvie.

De cramoisi, elle vira au violet foncé. Il lui fallut une minute avant d'enchaîner :

– Tu penses que je te cache quelque chose, Maurice ?

– Oui.

Ils marchèrent encore une centaine de mètres puis elle s'arrêta, lui fit face et prononça d'une voix mouillée :

– Tu as raison. Je te cache quelque chose mais c'est encore trop tôt.

– Je suis à ta disposition.

Le flegme confiant avec lequel Maurice prononça ces mots bouleversa sa cousine qui ne retint plus ses larmes.

– Je… je… je n'attendais pas ça de toi… c'est… c'est merveilleux…

Il sourit, bon prince.

Au dîner, après un succulent magret de canard, il tenta de relancer le sujet :

– Dis-moi, tes amies, Grace, Gina et…

– Grace, Audrey et Sofia.

– Tu les fréquentes depuis longtemps ?

– Non. Peu de temps. Quelques mois.

– Ah bon ? Pourtant, hier, vous aviez l'air très intimes.

– Il y a parfois des choses qui rapprochent.

– Tu les as connues où ?

– C'est… c'est embarrassant… je… je n'ai pas envie…

– C'est trop tôt ?

– C'est trop tôt.

– À ton aise.

Une boîte saphique, comme dans le roman, c'était certain ! Genre L'Ambigu ou Le Minou qui tousse, ces night-clubs où va draguer Josépha Katz… Sylvie n'osait pas l'avouer. Maurice conclut qu'il avait été parfait avec sa cousine, qu'il méritait désormais d'aller se plonger dans le livre qu'il lui avait volé.

Suivant le scénario de la veille, il brancha le téléviseur, prétendit s'intéresser à un feuilleton inepte, enfin se décrocha la mâchoire comme si le sommeil l'attaquait et se réfugia à l'étage.

Sitôt à sa chambre, il ne prit que le temps de se laver les dents, d'obturer le bas de la porte puis se jeta dans son livre.

Brillante dès la première réplique, Eva Simplon lui donna l'impression de s'être morfondue toute la journée en espérant son retour. En quelques secondes, il rejoignit Darkwell, la mystérieuse demeure de tante Agatha, si dangereusement isolée au milieu des montagnes. Il tremblait en songeant aux chants qui sortaient chaque nuit de ses murs.

Cette fois-ci, il s'absorba tant dans le roman qu'il n'entendit pas Sylvie éteindre la télévision ni monter se coucher. Ce n'est qu'à minuit qu'un hululement sinistre lui arracha la tête des pages.

La chouette !

Ou l'homme qui imitait la chouette !

Ses dents se crispèrent.

Il languit quelques minutes.

De nouveau le cri.

Cette fois, pas moyen de louvoyer : ça ne venait pas d'un animal mais d'un humain.

Un frisson glaça sa nuque : la porte !

Sylvie, pas davantage que la veille, n'avait dû barrer les issues. D'autant qu'au matin, levé avant elle, il avait ouvert les volets afin d'éviter un interrogatoire.

Surtout, ne pas céder à la panique. Du sang-froid. Se contrôler mieux qu'hier.

Il éteignit sa lampe, enleva le duvet devant sa porte, descendit les escaliers en tâchant de ne pas faire craquer le bois des marches.

Bien respirer. Un. Deux. Un. Deux.

Lorsqu'il arriva au palier, ce qu'il vit le cloua d'effroi. Trop tard !

Un homme parcourait lentement le salon sous les rayons obliques envoyés par la lune. Sur les murs, son ombre gigantesque impressionnait davantage, découpant un menton dur, des mâchoires lourdes et de curieuses oreilles en pointe. Silencieux, méticuleux, il soulevait chaque coussin, chaque plaid, essuyait les étagères à l'aveuglette.

Maurice retint son souffle. Le calme de l'intrus le terrifiait autant que sa présence. Par accrocs, la lumière mercure touchait son crâne chauve, lisse comme celui d'un bonze. Le colosse ne se cognait ni aux meubles ni aux canapés, comme s'il connaissait déjà cette maison, continuait d'ausculter les lieux, tâtant deux fois, trois fois les mêmes endroits. Que cherchait-il ?

La tranquillité professionnelle du cambrioleur devenait contagieuse. Maurice se tenait dans l'ombre sans s'agiter mais sans paniquer non plus. De toute façon, que faire ? Allumer pour l'effrayer ? Une ampoule ne le chasserait pas... Appeler Sylvie ? Ni une femme...

Se précipiter sur lui pour l'assommer et l'attacher ? L'athlète aurait le dessus. En plus, peut-être détenait-il une arme ? Pistolet ou arme blanche…

Maurice déglutit avec tant de bruit qu'il craignit soudain de trahir sa présence.

L'intrus ne réagit pas.

Maurice espéra qu'il exagérait l'importance des sons émis par son corps ; ainsi, en ce moment, ces gargouillements fous dans son ventre…

L'intrus poussa un soupir. Il ne trouvait pas ce qu'il était venu chercher.

Allait-il monter à l'étage ? Maurice eut l'impression que, le cas échéant, son cœur allait se bloquer.

L'inconnu hésita, sa face puissante se leva vers le plafond, puis, comme s'il renonçait, il marcha vers la porte et sortit.

Les pas résonnèrent devant le bâtiment.

Après quelques mètres, les crissements s'arrêtèrent.

Attendait-il ? Allait-il revenir ?

Comment réagir ?

Se plaquer sur la porte, la fermer à double tour ? Le colosse le remarquerait et reviendrait alors en défonçant les portes-fenêtres.

Mieux valait espérer qu'il s'éloigne.

Et le vérifier.

Maurice remonta l'escalier avec précaution, entra dans sa chambre, poussa le battant, s'approcha de la fenêtre.

À travers l'étroite fente entre ses volets clos, il voyait mal. Le bandeau de garrigue impassible et déserte qu'il apercevait ne permettait pas de conclure que l'intrus était parti.

Maurice se figea une heure à observer et écouter.

Par instants, il lui semblait que plus rien ne bougeait, à d'autres il croyait que cela reprenait. Cette vaste maison produisait déjà tant de vacarme par elle-même – craquements de poutres, de planchers, grondements de tuyaux, courses de souris au grenier – qu'il peinait à identifier ces sourdes activités.

Il fallait néanmoins redescendre. Hors de question de passer la nuit porte et volets ouverts ! L'homme pouvait revenir. S'il avait renoncé à monter à l'étage, c'est parce qu'il le savait habité ; mais n'allait-il pas changer d'avis ? N'allait-il pas revenir plus tard, pensant chacun assoupi, pour chercher ce qu'il voulait au deuxième niveau ? En outre, que cherchait-il ?

« Non, Maurice, ne sois pas stupide, ne confonds pas avec le livre que tu lis : à la différence de *La Chambre des noirs secrets*, cette demeure ne recèle sûrement pas un manuscrit contenant la liste des enfants qu'auraient eus ensemble le Christ et Marie Madeleine. Ne te laisse pas impressionner. Cependant, il y a quelque chose ici, une chose unique que veut le colosse inconnu, lequel ne cherche pas pour la première fois tant il se déplace avec aisance dans les lieux… Quoi donc ? »

Le plancher du couloir vibra.

L'intrus revenait ?

À genoux, Maurice glissa jusqu'à sa porte et regarda par le trou de serrure.

Ouf, c'était Sylvie.

Dès qu'il ouvrit la porte, sa cousine sursauta.

– Maurice, tu ne dors pas ? Je t'ai réveillé peut-être…

Maurice articula d'une voix sans couleur :

– Pourquoi es-tu debout ? Tu as vu quelque chose ?

– Pardon ?

– Tu as noté quelque chose d'anormal ?

– Non… je… je n'arrivais pas à dormir, alors je me demandais si je n'allais pas me préparer une tisane. Je suis désolée. Je t'ai effrayé ?

– Non, non…

– Alors quoi ? Tu as vu quelque chose de bizarre ?

Les yeux de Sylvie s'élargirent d'inquiétude.

Maurice balança sur ce qu'il allait répondre. Non, ne pas la paniquer. D'abord gagner du temps. Gagner du temps contre l'intrus qui pouvait revenir.

– Dis-moi, Sylvie, proposa-t-il en tentant de donner à ses mots un débit régulier et un timbre normal, ne vaudrait-il pas mieux pousser les volets le soir ? Et la porte, je suis sûr que tu n'y as pas donné un tour de clé.

– Bah, on ne craint rien, personne ne circule ici. Rappelle-toi le mal qu'on a eu à dégoter le chemin.

Maurice songea qu'elle était chanceuse d'être aussi sotte. S'il lui révélait qu'une heure auparavant, un inconnu auscultait le salon… Mieux valait qu'elle stagne dans sa confiance ignorante. Lui-même aurait moins peur s'il était le seul à avoir peur.

Elle s'approcha et le dévisagea.

– Tu as vu quelque chose ?

– Non.

– Quelque chose d'extraordinaire ?

– Non. Je suggère simplement que nous utilisions la porte et les volets. Est-ce impensable pour toi ? Contre tes principes ? Opposé à ta religion ? Ça t'agresse à ce point ? Tu ne dormiras plus de la nuit si nous sommes barricadés ? L'insomnie te guette si l'on prend des précautions élémentaires de sécurité, ce pour quoi les serrures et les volets ont été inventés ?

Sylvie perçut que son cousin perdait la maîtrise de ses nerfs. Elle sourit de façon tonique.

– Non, bien sûr. Je vais le faire avec toi. Mieux, je vais le faire pour toi.

Maurice soupira : il n'aurait pas à ressortir dans la nuit où rôdait le colosse.

– Merci. Tiens, je te prépare ton infusion pendant ce temps-là.

Ils descendirent. Quand Maurice constata avec quelle insouciance elle traînait dehors pour fermer les volets, il bénit l'inconscience.

Après deux tours de clé à la porte, le blocage des loquets, elle le rejoignit dans la cuisine.

– Tu te souviens comme tu étais peureux quand tu étais petit ?

Cette phrase agaça Maurice tant elle lui paraissait déplacée.

– Je n'étais pas peureux, j'étais prudent.

Sa réponse n'avait aucun sens concernant le passé, elle n'éclairait que la situation présente. Peu importait ! Sylvie, frappée par l'autorité soudaine de son cousin, n'ergota pas.

Pendant que les feuilles de tilleul infusaient, elle évoqua leurs vacances enfantines, leurs promenades en barque pendant que les adultes s'abîmaient dans la sieste au bord du Rhône, les poissons qu'ils volaient aux bassines des pêcheurs pour les rendre au fleuve, la cabane qu'ils avaient appelée le Phare sur une île qui coupait les eaux…

Alors que Sylvie suivait le fil de sa nostalgie, la mémoire conduisait Maurice ailleurs, vers d'autres souvenirs de cette époque, lorsque ses parents recommencèrent à sortir au cinéma ou au dancing, estimant leur fils de dix ans assez raisonnable désormais pour demeurer seul dans l'appartement. Il traversait des heures de terreur. Abandonné, minuscule sous ses hauts plafonds de quatre mètres, il hurlait en regrettant sa mère et son père, leur présence familière, leurs odeurs rassurantes, la mélodie des paroles consolantes ; il pleurait à flots abondants car son corps savait que des larmes provoquent l'apparition des parents. En vain. Plus rien de ce qui avait fonctionné pendant des années pour échapper au désarroi, à la douleur ou à la solitude ne marchait. Il avait perdu tous ses pouvoirs. Plus un enfant. Pas encore un adulte. Du reste, quand ils revenaient, à une heure du matin, vifs, joyeux, enivrés, avec des voix différentes, des parfums différents, des gestes différents, il les détestait et se jurait de ne jamais devenir un adulte, un adulte comme eux, un adulte sensuel, lascif, gouailleur, friand des plaisirs, table, vin, chair. S'il avait mûri, c'était autrement, en développant sa tête. Cérébralité, science, culture, érudition. Ni le cul ni l'estomac. Adulte oui, mais en devenant savant, pas en devenant animal.

Était-ce la raison pour laquelle il avait refusé les romans ? Parce que, ces soirs de trahison, sa mère lui déposait les livres dont elle raffolait sur sa table de nuit afin qu'il s'occupât ? Ou parce qu'il avait cru dur comme fer au premier qu'il avait lu et s'était senti humilié lorsque ses parents, morts de rire, lui avaient appris que tout y était faux ?

— Maurice… Maurice… tu m'écoutes ? Je te trouve un peu étrange.

— Mais tout est étrange, Sylvie. Tout. Étrange et étranger. Regarde, toi et moi, nous nous connaissons depuis notre naissance, pourtant chacun dissimule des secrets.

– Tu fais allusion à…

– Je fais allusion à ce dont tu ne me parles pas et dont, peut-être, un jour, tu me parleras.

– Je te jure que je t'en parlerai.

Elle se jeta sur lui, l'embrassa et, aussitôt, se sentit gênée par ce geste.

– Bonne nuit, Maurice. À demain.

Le lendemain se déroula de façon si insolite qu'aucun des deux n'eut le courage de commenter.

Maurice avait d'abord tenté de se rendormir après ces émotions puis, comme il n'y parvenait pas, il avait rallumé et continué sa lecture de *La Chambre des noirs secrets*. Sa sensibilité, déjà mise à vif par la visite de l'intrus, ne fut pas apaisée par la suite du roman : Eva Simplon – décidément, il appréciait cette femme, on pouvait compter sur elle – subissait les menaces d'acheteurs peu scrupuleux qui orchestraient des incidents mortels parce qu'elle refusait de leur vendre Darkwell. Échappant à chaque fois de justesse à ces attentats déguisés en accidents, Eva Simplon butait contre un nouveau problème, aussi préoccupant : elle ne détectait pas l'entrée de la pièce ésotérique d'où s'échappaient les chants chaque nuit. Ausculter les murs, inspecter la cave, examiner le grenier n'avaient rien donné. L'étude du cadastre à la mairie, l'analyse des plans successifs archivés chez un notaire laissaient supposer un corps intérieur au bâtiment. Comment le gagner ? Qui s'y rendait chaque nuit ? Eva se refusait à croire aux fantômes ou aux esprits. Heureusement, cette salope de Josépha Katz lui avait envoyé un jeune architecte qui tentait de recomposer la structure de la demeure – Josépha Katz, quoiqu'elle fût une goudou infernale qui draguait encore Eva Simplon après dix-huit mille refus, se révélait fort professionnelle – car il allait peut-être découvrir une explication qui écarterait toutes les hypothèses surnaturelles. Et pourtant... Bref, à huit heures du matin, Maurice, qui ne s'était pas reposé une minute, se leva fatigué, irritable, furieux d'abandonner Eva Simplon à Darkwell pour tomber en Ardèche avec sa cousine. D'autant que, ce lundi, il fallait se farcir un pique-nique avec les amies rencontrées au supermarché... Une journée dans une colonie de gouines, au milieu de ces femmes toutes plus charpentées, plus viriles que lui, non merci !

Il tenta d'arguer que, indisposé, il préférait se soigner ici. Sylvie tint bon :

– Pas question. Si tu es malade et que ça devient grave, je dois te bichonner. Soit je reste ici, soit tu viens avec moi.

Comprenant qu'il ne parviendrait pas à sauver sa lecture, il l'accompagna.

Les heures passèrent comme un supplice. Un soleil sadique brûlait les sentiers en caillasse sur lesquels ils s'épuisèrent à cheminer. Lorsqu'ils parvinrent à une retenue d'eau verte où la rivière Ardèche calmait son débit torrentueux, Maurice ne parvint pas à tremper davantage qu'un orteil dans le liquide glacé. Le repas dans l'herbe se révéla un traquenard car Maurice commença par s'asseoir sur un nid de fourmis rouges et finit par être piqué par une abeille qui voulait manger le même abricot que lui. Il se vida les poumons jusqu'à avoir la tête qui tourne pour maintenir vivace le feu qui cuisait les saucisses ; le reste de l'après-midi, il éprouva des difficultés à digérer son œuf dur.

Au retour, elles voulurent pratiquer un jeu de société. Sauvé, Maurice tenta de s'isoler pour une sieste réparatrice, or, apprenant qu'il s'agissait d'un concours de connaissances historiques et géographiques, il ne put résister, il y participa. Comme il gagnait chaque partie, il continua, devenant de plus en plus méprisant envers ses partenaires à mesure qu'il remportait ses victoires. Quand il devint trop odieux, les femmes se lassèrent et l'on servit un apéritif. Le pastis après une journée de soleil acheva de bouleverser son fragile équilibre de sorte que, lorsque Sylvie et lui rentrèrent à la villa, il souffrait non seulement de courbatures mais d'un mal de tête tenace.

À neuf heures, sitôt après la dernière bouchée, il cadenassa les volets et la porte puis monta se coucher.

Appuyé sur ses oreillers, il hésitait entre deux sentiments contradictoires : se réjouir de rejoindre Eva Simplon ou redouter une nouvelle visite de l'intrus. Après quelques pages, il avait oublié ce dilemme, il tremblait à l'unisson de l'héroïne.

À dix heures et demie, il discerna que Sylvie éteignait la télévision et grimpait pesamment.

À onze heures, il commençait, telle Eva Simplon, à se demander si, au fond, les spectres n'existaient pas. Sinon, comment expliquer que des individus traversent les murs ? Arrive un moment où l'irrationnel n'est plus irrationnel puisqu'il devient la seule solution rationnelle.

À onze heures trente, un bruit l'arracha au livre.

Des pas. Des pas légers, discrets. Pas du tout ceux de Sylvie.

Il éteignit et s'approcha de la porte. Dégageant l'édredon, il écarta le battant.

Il devinait une présence au rez-de-chaussée.

À peine eut-il pensé cela que l'homme apparut dans l'escalier. Le colosse chauve, avec un silence précautionneux, montait à l'étage poursuivre ses recherches.

Maurice repoussa sa porte et s'appuya contre la menuiserie pour résister aux tentatives de l'intrus s'il voulait rentrer. En une fraction de seconde, son corps fut couvert d'eau, il transpirait des gouttes épaisses qu'il sentait couler dans sa nuque, son dos.

L'inconnu s'arrêta devant sa porte puis continua.

Collant son oreille au bois, il perçut des frottements confirmant cet éloignement.

Sylvie ! Il se rendait chez Sylvie !

Que faire ? Fuir ! Dévaler l'escalier et déguerpir dans la nuit. Mais où ? Maurice ne connaissait pas la campagne tandis que l'homme, lui, la possédait dans ses moindres détours. Puis il ne pouvait pas sacrifier sa cousine et, lâche, l'abandonner aux mains du malfaiteur…

En entrebâillant, il vit l'ombre pénétrer chez Sylvie.

« Si je réfléchis davantage, je ne bougerai pas. »

Il fallait foncer ! Maurice savait très bien que plus les secondes s'écouleraient, moins il serait capable d'initiative.

« Souviens-toi, Maurice, c'est comme le plongeon en hauteur : si tu ne sautes pas tout de suite, tu ne sautes jamais. Le salut tient à l'inconscience. »

Il respira largement et bondit dans le couloir. Il s'élança vers la chambre.

– Sylvie, attention ! Attention !

Comme l'intrus avait clos la porte, Maurice l'emboutit.

– Dehors !

La pièce était vide.

Vite ! Regarder sous le lit !

Maurice s'aplatit au sol. L'inconnu ne s'était pas caché sous le sommier.

Placard ! Penderie ! Vite !

En quelques secondes, il ouvrit toutes les portes.

Ne comprenant plus, il hurla :

– Sylvie ! Sylvie, où es-tu ?

La porte de la salle de bains s'ouvrit, Sylvie en sortit, affolée, peignoir à peine noué, tenant une brosse à la main.

– Que se passe-t-il ?

– Es-tu seule dans la salle de bains ?

– Maurice, tu es fou ?

– Es-tu seule dans la salle de bains ?

Docile, elle y retourna, jeta un coup d'œil, puis fronça les sourcils pour dénoncer sa perplexité.

– Évidemment, je suis seule dans ma salle de bains. Avec qui devrais-je être ?

Brisé, Maurice chut au bord du lit. Sylvie se précipita pour le prendre contre elle.

– Maurice, que t'arrive-t-il ? Tu as cauchemardé ? Parle-moi, Maurice, parle-moi, dis-moi ce qui te préoccupe ?

À partir de cet instant, il devait se taire sinon, comme Eva Simplon dans le roman, on commencerait à le prendre pour un fou, on feindrait de l'écouter sans l'entendre.

– Je... je...

– Oui, dis-moi, Maurice. Dis-moi.

– Je… j'ai dû faire un mauvais rêve.

– Voilà, c'est fini. Tout va bien. Ce n'était pas grave. Viens, nous allons descendre à la cuisine et je vais nous concocter une tisane.

Elle l'entraîna en bas, sans cesser de parler, confiante, impavide, imperturbable. Maurice, progressivement gagné par sa sérénité, pensa qu'il avait raison de garder ses craintes pour lui. L'attitude apaisante de Sylvie lui donnerait la force de mener seul l'enquête jusqu'au bout. Après tout, lui n'était qu'un simple professeur d'histoire, pas un agent du F.B.I. exercé aux situations exceptionnelles comme Eva Simplon.

Pendant que Sylvie babillait, il se demanda s'il n'y avait pas une analogie entre cette maison et Darkwell. Une pièce clandestine, munie d'une trappe occulte, se dissimulait peut-être entre ces murs, un réduit dans lequel l'homme s'était réfugié ?

Il frissonna.

Cela signifiait que l'intrus était toujours parmi eux… Ne valait-il pas mieux partir aussitôt ?

Une révélation l'assomma. Mais oui ! Bien sûr ! Comment l'homme avait-il pénétré ici puisque tout accès extérieur était condamné ?

Il n'était pas rentré : il était déjà là. En réalité, l'homme habitait cette demeure, il y habitait depuis plus longtemps qu'eux. Il logeait dans un espace qu'ils n'avaient pas décelé à cause de l'architecture un peu bizarre.

« Nous l'avons dérangé quand nous sommes arrivés. »

Qui est-il ? Et que cherche-t-il le soir ?

À moins…

Non.

Si ! Pourquoi pas un fantôme ? Après tout, on en parle depuis si longtemps, des fantômes. Comme déclarait Josépha Katz entre deux bouffées de cigare : il n'y a pas de fumée sans feu. Est-ce que...

Maurice, interdit, ne parvenait pas à savoir ce qui était le moins effrayant, le colosse se terrant au cœur du bâtiment sans qu'on sache comment ni pourquoi, ou le spectre qui hanterait le foyer...

— Maurice, tu m'inquiètes. Tu n'as pas l'air dans ton assiette.

— Mm ? Un début d'insolation peut-être...

— Peut-être... demain, si tu ne te sens pas mieux, j'appelle le médecin.

Maurice pensa « Demain, nous serons morts » mais le garda pour lui.

— Bon, je retourne me coucher.

— Une autre infusion ?

— Non merci, Sylvie. Monte devant, je t'en prie.

Pendant que Sylvie gravissait les premières marches, Maurice usa du prétexte d'éteindre la cuisine pour saisir au crochet du mur le long couteau à découper. Il le glissa dans la manche béante de son pyjama.

À l'étage, ils se souhaitèrent une douce nuit.

Maurice allait refermer sa porte quand Sylvie l'arrêta en présentant sa joue.

— Tiens, j'ai envie de t'embrasser. Comme ça, tu seras encore plus calme.

Elle lui colla un baiser humide sur la tempe. Au moment où elle reculait, ses yeux marquèrent sa surprise : elle voyait quelque chose derrière Maurice, oui, elle distinguait quelque chose dans la pièce qui la stupéfiait !

– Quoi ? Qu'y a-t-il ? s'exclama-t-il, paniqué, persuadé que l'intrus se tenait derrière lui.

Sylvie réfléchit une seconde puis éclata de rire.

– Non, je songeais à quelque chose, aucun rapport. Arrête d'être anxieux comme ça, Maurice, arrête de te noircir le sang. Tout va bien.

Elle partit en riant.

Maurice la regarda disparaître avec un mélange d'envie et de pitié. Bienheureux les abrutis ! Elle ne soupçonne rien, elle se divertit de mon inquiétude. Il y a peut-être un fantôme ou un assassin en puissance juste derrière le mur sur lequel s'appuie son oreiller et elle préfère me charrier. Sois un héros, Maurice, laisse-la à ses illusions : ça ne doit pas te vexer.

Il se coucha pour réfléchir mais cette méditation n'eut pour effet que de l'angoisser davantage. D'autant que la présence inhabituelle du couteau posé à côté de sa cuisse sur le drap, lame glacée, l'inquiétait plus qu'elle ne le stimulait.

Il rouvrit *La Chambre des noirs secrets* comme on rentre chez soi après un voyage éprouvant. Peut-être la solution était-elle contenue aussi dans le livre ?

À une heure du matin, alors que le récit devenait plus haletant que jamais, alors qu'il ne lui restait plus que cinquante pages pour découvrir le fin mot de l'énigme, il sentit des mouvements dans le couloir.

Cette fois, sans hésiter une seconde, il éteignit, empoigna le manche de l'arme sous le drap.

Quelques secondes plus tard, la poignée de sa porte tournait millimètre après millimètre.

L'intrus tentait de pénétrer chez lui.

Avec beaucoup de précaution, une lenteur éprouvante, il poussait la porte. Quand il passa le seuil, la lumière grise envoyée par la lucarne du corridor lustra son crâne chauve.

Maurice retint sa respiration, affecta de fermer les yeux ; un fil d'ouverture lui permettait d'apercevoir la progression du colosse.

Celui-ci s'approcha du lit et tendit la main vers Maurice.

« Il va m'étrangler ? »

Maurice jaillit des draps, le couteau à la main et, hurlant de terreur, frappa l'inconnu dont le sang gicla.

L'agitation était inhabituelle. De fait, il était rare que de tels événements se produisissent dans ces patelins ardéchois, d'ordinaire si tranquilles.

Aux voitures de police s'ajoutaient celles du maire, du député local, des plus proches voisins. Alors que la bâtisse dominait un désert rocheux, des dizaines de badauds avaient trouvé le moyen d'apprendre l'incident et d'accourir.

On fut obligé de protéger l'accès de la villa par un barrage symbolique, un ruban plastifié, puis de placer trois gendarmes pour réfréner les curiosités malsaines.

Pendant qu'un camion emportait le cadavre, les policiers et les officiels regardaient sans conviction cette femme volumineuse répéter pour la dixième fois son histoire en s'interrompant pour hoqueter, pleurer, se moucher.

– Au moins, je vous en prie, laissez entrer mes amies. Ah les voici.

Grace, Audrey, Sofia se précipitèrent sur Sylvie pour l'embrasser et la consoler. Puis elles s'assirent sur les canapés voisins.

Sylvie justifia leur présence aux policiers.

– C'est grâce à elles que j'ai loué cette villa. Nous nous sommes rencontrées cet hiver à l'hôpital où nous étions soignées, service du Professeur Millau. Ah, mon Dieu, si j'avais pu me douter…

Pour elles, elle recommença son récit.

– Je ne comprends pas ce qui s'est passé. Il était si gentil, Maurice, cette année. Plus conciliant que les autres fois. Plus simple. Je crois qu'il avait compris que je relevais de maladie, que j'avais subi une chimiothérapie contre le cancer. Peut-être quelqu'un le lui avait-il dit ? Ou l'avait-il deviné ? Tous ces derniers jours, il m'avait tendu des perches en suggérant qu'il m'aimait comme j'étais, que je ne devais rien lui cacher. Mais c'est vrai que pour moi, c'est dur. Je n'accepte pas d'avoir perdu mes cheveux à cause des traitements et de dissimuler mon crâne sous une perruque. Le premier soir, je me suis figuré qu'il m'avait vue, en bas, en pyjama, sans perruque, en train de chercher un livre que j'avais acheté au supermarché et que j'avais égaré. Hier soir, en lui souhaitant une bonne nuit, à sa porte, après une tisane, je me suis rendu compte que ce fichu livre était dans sa chambre, sur son lit. Alors vers minuit, comme je tournais en rond sans dormir – je récupère mal depuis ma maladie –, je me suis imaginé que, sans déranger, je pouvais aller le récupérer. Maurice somnolait. J'ai pris garde à ne pas le réveiller, progressant sans aucun bruit, puis, au moment où je mettais la main sur le livre, il s'est jeté sur moi. J'ai senti une horrible douleur, j'ai vu une lame de couteau, j'ai crié en me débattant, j'ai envoyé Maurice valdinguer en arrière, il a rebondi sur le mur puis il est retombé sur le côté et là, paf, le coup du lapin ! Sa nuque a heurté la table de nuit ! Raide mort !

Les sanglots l'arrêtèrent.

Le commissaire se frottait le menton sans conviction et consulta son équipe. La thèse de l'accident leur semblait improbable. Pourquoi l'homme aurait-il couché avec un couteau s'il ne craignait pas une agression de sa cousine ?

Puis, malgré les protestations des femmes qui soutenaient leur amie, il annonça à Sylvie qu'elle serait inculpée. Non seulement il n'y avait nulle trace de lutte mais elle était, de son propre aveu, l'unique héritière de la victime. On l'emmena, les poignets cerclés de menottes.

Retournant seul à l'étage, les mains protégées par des gants, il glissa dans des sacs en plastique transparents les deux pièces à conviction, un immense couteau de cuisine et un livre, *La Chambre des noirs secrets*, de Chris Black, dont les pages étaient, elles aussi, maculées de sang.

En rangeant ce dernier, il parcourut ce qu'on distinguait encore du résumé sous les traces brunes et ne put s'empêcher de murmurer avec un soupir :

– Il y a vraiment des gens qui ont de mauvaises lectures...

La femme au bouquet

À la gare de Zurich, sur le quai numéro trois, une femme attend tous les jours, un bouquet à la main, depuis quinze ans.

Au début, je n'ai pas voulu le croire. Outre que j'eus besoin de plusieurs voyages chez Egon Ammann, mon éditeur en langue allemande, avant de la remarquer, il me fallut longtemps pour formuler mon étonnement car la dame âgée avait l'air si normale, si digne, si noble, qu'on ne lui prêtait pas attention. Vêtue d'un tailleur de drap noir à la jupe longue, elle portait des chaussures plates et des bas sombres ; un parapluie au manche sculpté en bec de canard sortait de son sac en cuir bouilli ; une barrette en nacre retenait ses cheveux en chignon sur sa nuque tandis qu'un modeste bouquet de fleurs des champs à dominante orangée pointait d'entre ses doigts gantés. Rien ne permettant de la ranger dans la catégorie des folles ou des excentriques, j'attribuais donc nos rencontres au hasard.

Un printemps cependant, parce que Ulla, une collaboratrice d'Ammann, m'accueillait à la portière de mon wagon, je désignai l'inconnue.

– C'est curieux, il me semble que je vois souvent cette femme. Quelle coïncidence ! Elle doit attendre mon double, quelqu'un qui prend toujours le même train que moi en même temps que moi !

– Pas du tout, s'exclama Ulla, elle stationne là chaque jour et elle guette.

– Qui ?

– Quelqu'un qui ne vient pas… car elle repart seule chaque soir pour se réinstaller le lendemain.

– Vraiment ? Depuis combien de temps ?

– Moi, je la croise depuis cinq ans mais j'ai causé avec un chef de gare qui l'a remarquée, lui, depuis au moins quinze ans !

– Tu te moques de moi, Ulla ! Tu m'inventes un roman !

Ulla s'empourpra – la moindre émotion la rend écarlate –, bafouilla, rit de confusion, secoua la tête.

– Je te jure que c'est vrai. Tous les jours. Depuis quinze ans. D'ailleurs, ça outrepasse sûrement quinze ans car chacun de nous a mis des années à noter sa présence… Donc le premier aussi… Toi, par exemple, tu fréquentes Zurich depuis trois ans et tu ne m'en parles qu'aujourd'hui. Elle patiente peut-être depuis vingt ou trente ans… Elle n'a jamais répondu à quiconque lui demandant ce qu'elle attendait.

– Elle a raison, conclus-je. D'ailleurs qui sait répondre à une question pareille ?

Nous ne pûmes élucider davantage car nous devions nous consacrer à une série d'entretiens avec la presse.

Je n'y songeai plus jusqu'à mon voyage suivant. Sitôt que « Zurich » fut annoncé par les haut-parleurs de la rame, je me rappelai la femme au bouquet et me questionnai : est-ce que, cette fois encore…

Elle était là, vigilante, sur le quai numéro trois.

Je la dévisageai. Des yeux clairs, presque mercure, à la limite de l'effacement. Une peau pâle, saine, striée par la griffe expressive du temps. Un corps sec mais tonique, qui avait été vif, vigoureux. Le chef de gare échangea une phrase avec elle, elle approuva de la tête, sourit aimablement puis continua, imperturbable, à fixer la voie ferrée. Je ne parvins à déceler qu'une seule excentricité : le fauteuil pliant en toile qu'elle apportait. Or n'était-ce pas plutôt la marque d'un esprit pratique ?

Sitôt arrivé, après plusieurs tramways, aux éditions Ammann, je décidai de mener l'enquête.

— Ulla, je t'en supplie, il faut que j'en apprenne plus sur la femme au bouquet.

Ses joues devinrent framboise.

— Comme j'étais sûre que tu allais m'interroger, j'ai pris les devants. Je suis allée bavarder à la gare avec les membres du personnel et me voilà très copine avec le fonctionnaire de la consigne.

Connaissant la sympathie qu'inspirait Ulla, je ne doutais pas qu'elle eût soutiré le maximum d'informations. Quoique brusque, un brin autoritaire, dotée d'un regard perçant qui scrute ses interlocuteurs, elle dément cet abord sévère par un humour jaillissant, une bonne humeur que l'on n'escompte pas d'un physique si sombre. Si elle fraternise avec tout le monde, c'est qu'elle a du mal à cacher une sorte de bienveillance – de curiosité – universelle.

— Même si elle passe ses journées dehors sur un quai, la femme au bouquet est loin d'être une clocharde. Elle habite une belle maison bourgeoise, dans une rue arborée, où elle vit seule, aidée au quotidien par une domestique turque d'une cinquantaine d'années. Elle s'appelle Mme Steinmetz.

– Mme Steinmetz ? La Turque nous dira-t-elle qui sa patronne guette à la gare ?

– La Turque s'enfuit dès qu'on l'approche. Éclaircissements pris chez un ami qui loge dans la rue voisine : la femme de ménage ne parle ni allemand, ni français, ni italien.

– Comment communique-t-elle avec sa patronne ?

– En russe.

– La Turque comprend le russe ?

– Mme Steinmetz aussi.

– Intriguant, ça, Ulla. As-tu pu te renseigner sur l'état civil de cette Mme Steinmetz ?

– J'ai essayé. Je n'ai rien trouvé.

– Un mari ? Des enfants ? Des parents ?

– Rien. Soyons précis : je ne t'assure pas qu'elle n'a ni mari, ni mari défunt, ni enfants, je souligne juste que je l'ignore.

À l'heure du thé, autour de quelques macarons, les employés et l'éditeur Egon Ammann nous ayant rejoints, je remis le sujet sur le tapis.

– À votre avis, qu'attend-elle, la femme au bouquet ?

– Son fils, répondit Claudia. Une mère espère constamment la venue de son fils.

– Pourquoi son fils ? s'indigna Nelly, pourquoi pas sa fille plutôt !

– Son mari, répliqua Doris.

– Son amant, corrigea Rita.

– Sa sœur ? suggéra Mathias.

En vérité, chacun se racontait en donnant sa réponse. Claudia souffrait de ne plus voir son fils qui professait à Berlin, Nelly sa fille mariée à un Néo-Zélandais ; Doris se languissait de son mari, cadre commercial en constants déplacements ; Rita changeait d'amant aussi souvent que de culotte ; quant à Mathias, ce jeune homme pacifiste qui, en tant qu'objecteur de conscience, préférait accomplir un service civil en travaillant plutôt qu'effectuer son service militaire, il gardait la nostalgie du cocon familial.

Ulla considéra ses collègues comme des attardés mentaux.

— Mais non, elle attend quelqu'un de mort dont elle n'accepte pas la mort.

— Ça ne change rien, s'exclama Claudia. Ça peut être son fils.

— Sa fille.

— Son mari.

— Son amant.

— Sa sœur.

— Ou son frère jumeau mort à la naissance, proposa la laconique, solitaire Romy.

Nous la regardâmes en nous demandant si elle ne nous confiait pas, sinon le secret de la dame au bouquet, du moins son secret à elle, la cause de sa tristesse constante.

Pour créer une diversion, je me tournai vers Egon Ammann.

— Selon toi, Egon, qui attend-elle ?

Même s'il nous tenait compagnie, Egon s'exprimait peu lors de ces récréations qu'il devait estimer enfantines. Passionné, le sourcil intelligent, le nez racé, il a tout lu, tout déchiffré depuis soixante ans, se levant à cinq heures du matin pour, sitôt sa cigarette allumée, ouvrir des manuscrits, parcourir des romans, dévorer des essais. Dans ses cheveux blancs trop longs, il donne l'impression de porter les traces d'une vie aventureuse, le vent des pays traversés, la fumée des tonnes de tabac qu'il a brûlées, les songes des livres publiés. Alors qu'il n'affirme rien, ne moralise pas, il m'impressionne par sa curiosité constante, son appétit de découverte, son don des langues ; je me sens une âme d'amateur, en face de lui.

Egon haussa les épaules, suivit les mésanges qui voletaient sur le tilleul en fleur et laissa tomber de ses lèvres :

– Son premier amour ?

Puis, gêné par cet aveu, furieux de s'être laissé aller, il fronça les paupières et me fixa avec sévérité.

– Et selon toi, Éric ?

– Son premier amour qui ne reviendra pas, murmurai-je.

Le silence s'installa entre nous. Nous avions compris le piège. À travers cette inconnue, nous avions livré nos souhaits intimes, avouant ce que, au plus profond de nous, nous attendions ou pourrions attendre. Comme j'aurais désiré pouvoir pénétrer derrière ces fronts, pour les connaître mieux. Et cependant, comme j'appréciais qu'on ne fende pas le mien ! Il est si douloureux, ce crâne, cette enceinte de paroles non prononcées, ce sanctuaire sombre encadré par mes tempes ! Je ne pourrais articuler certains mots sans m'écrouler. Mieux vaut se taire. Chacun d'entre nous ne tire-t-il pas son épaisseur de son silence ?

De retour chez moi, je continuai à songer à la femme au bouquet. Comme mes excursions suivantes à Zurich se réalisèrent par voie d'air ou d'autoroute, avion ou voiture, je n'eus plus l'occasion de repasser à la gare.

Un ou deux ans s'écoulèrent.

Le propre de cette femme au bouquet, c'était que je l'oubliais sans l'oublier, ou plutôt que j'y pensais à des moments d'esseulement, des heures où il m'était impossible d'interroger qui que ce soit… Son image ne hantait que mes désarrois. Néanmoins, je réussis à la mentionner un jour où je conversais avec Ulla au téléphone.

— Si, si, je te rassure : elle est toujours là. Quotidiennement. Quai numéro trois. Certes, elle fatigue ; de temps en temps, elle pique un somme, assise sur son fauteuil, mais elle se ressaisit, ramasse son bouquet et scrute la voie.

— Elle me fascine.

— Tu as tort. Quoiqu'elle n'en ait pas l'allure, elle n'est sans doute qu'une démente, une pauvre folle. Enfin, aujourd'hui, à l'ère du téléphone, de l'Internet, on ne cherche pas quelqu'un sur un quai, non ?

— Ce qui m'intéresse, ce n'est pas *pourquoi* elle attend sur un quai, mais *qui* elle attend. Qui peut-on attendre des années, voire une existence entière ?

— L'écrivain Beckett attendait Godot.

— Simulacre ! Pour lui, il s'agissait de montrer que le monde est absurde, sans Dieu, que nous avons tort de nous promettre quoi que ce soit en cette vie. Beckett, c'est un nettoyeur, il te balaie le ciel comme la terre, il t'envoie à la poubelle tous les espoirs, ces immondices. Or moi, ce qui m'intéresse dans la femme au bouquet, ce sont deux questions que je me pose. La première :

qui attend-on ? La deuxième : a-t-on tort ou raison
d'attendre ?

– Tiens, je donne le combiné au patron qui a
entendu notre échange. Il a quelque chose à te lire.

– Éric ? Juste une phrase pour toi. « Ce qui est intéressant dans une énigme, ce n'est pas la vérité qu'elle
cache, mais le mystère qu'elle contient. »

– Merci de me citer, Egon.

Je raccrochai, soupçonnant qu'à l'autre bout du fil,
ils riaient de moi.

Au printemps dernier, le chemin de fer me ramenait à Zurich pour une conférence. Évidemment, sitôt
que je montai dans le compartiment, je ne songeai
plus qu'à elle. Je me réjouissais de la rejoindre, paisible, souriante, fidèle, indifférente à tous, attentive à
quelque chose que nous ignorions. Cette femme, nous
ne l'avions aperçue que quelques secondes et nous
en parlions des heures, tel un sphinx détenteur d'un
secret, inusable ferment pour nos imaginations.

En approchant de Zurich, je formulai la seule certitude que nous possédions la concernant : aucun de
nous n'était celui qu'elle attendait. Nos silences, notre
paresse à enquêter, nos oublis intermittents s'enraci-
naient-ils là, dans cette humiliation, le fait qu'elle regardait à travers nous comme si nous étions invisibles ?

– Zurich !

En mettant le pied sur le sol je perçus aussitôt son
absence. Quelques badauds finissaient de quitter le
quai numéro trois, laissant un espace immaculé.

Que lui était-il arrivé ?

En traversant Zurich en tramway, je m'interdis les
hypothèses. Ulla devait savoir, Ulla savait, Ulla me
dirait. Je me contentai donc de contempler cette ville

insolite, à la fois riche et modeste, un rêve de grand-mère, où les bâtisses ont l'air d'avoir été construites autour des géraniums trônant sur les fenêtres, cité paisible qui semble aussi endormie que le lac reposant contre son flanc alors qu'à l'intérieur des murs épais des milliers d'affaires aux puissants enjeux économiques se jouent. Zurich m'apparaît toujours mystérieuse par son absence de mystère : alors que nous, Latins, nous jugeons aventureux ce qui est sale, tortueux, profus, Zurich la sage, la propre, la bien rangée devient étrange à manquer autant d'étrangeté. Elle a la séduction de l'amant élégant, cravaté, en smoking, exemplaire fils de famille, gendre idéal, mais susceptible des pires débauches sitôt la porte fermée.

Aux Éditions Ammann, j'accomplis d'abord mes devoirs – discussions, programme – puis je profitai d'une pause pour interpeller Ulla entre deux portes :

– Qu'est-il arrivé à la femme au bouquet ?

Elle roula des yeux effarés.

– Dès que nous avons un instant, je te raconte.

Le soir venu, après conférence, signature, dîner, nous sommes rentrés épuisés à l'hôtel. Sans échanger un mot, nous nous sommes installés au bar, avons désigné du doigt les cocktails désirés, puis j'ai éteint mon téléphone pendant qu'Ulla allumait une cigarette.

– Alors ? demandai-je.

Je n'avais pas besoin de préciser. Elle savait ce que j'escomptais.

– La femme au bouquet attendait quelque chose qui est venu. C'est pour cela qu'elle n'est plus là.

– Que s'est-il passé ?

– Mon ami de la consigne m'a tout raconté. Il y a trois semaines, la femme au bouquet s'est levée soudain, radieuse, les yeux émerveillés. Elle a agité la main en direction d'un homme qui descendait d'un wagon, il l'a tout de suite aperçue. Elle s'est jetée entre ses bras. Ils ont partagé une longue étreinte. Même les employés des bagages étaient émus tant elle rayonnait de bonheur. L'homme, grand, drapé d'un long manteau sombre, n'a été reconnu de personne car un chapeau feutre dissimulait en partie ses traits ; ce qu'on a pu m'apprendre sur lui, c'est qu'il n'avait pas l'air surpris de leurs retrouvailles. Ensuite, ils ont quitté la gare bras dessus, bras dessous. Au dernier moment, elle a fait preuve de coquetterie : elle a laissé le fauteuil de toile sur le bitume, comme s'il ne lui appartenait pas. Ah, j'oubliais un détail bizarre : l'homme voyageait sans valise, il ne portait à la main que le bouquet orange qu'elle lui avait offert.

— Ensuite ?

— Mon ami voisin m'a raconté le reste. Je t'en ai parlé ? Il habite à une rue de Mme Steinmetz.

— Oui, oui. Continue, je t'en supplie.

— Ce soir-là, l'homme est entré avec elle dans la maison. Elle a ordonné à sa bonne de sortir, de ne revenir que le lendemain. Exigence que la Turque a respectée.

— Et ?

— Elle n'est revenue que le lendemain.

— Et ?

— La femme au bouquet était morte.

— Pardon ?

— Morte. De mort naturelle. Le cœur s'était arrêté.

— Ce ne peut pas être lui qui... ?

— Non. Aucun doute là-dessus. Arrêt cardiaque diagnostiqué et confirmé par les médecins. Il est innocenté. D'autant plus que lui...

– Oui ?

– Il avait disparu.

– Quoi ?

– Pfuit ! Envolé ! Comme s'il n'était ni entré ni sorti. La Turque prétend qu'elle ne l'a jamais vu.

– Pourtant tu m'as…

– Oui. Mon ami voisin témoigne qu'il s'est engouffré chez elle mais la bonne le nie absolument. De toute façon, ça n'intéresse pas la police car il n'y a rien de suspect dans le décès. Mon ami se tait maintenant parce que, plus il insistait, plus le quartier le prenait pour un crétin.

Nous nous sommes enfoncés dans nos fauteuils de cuir pour entamer nos cocktails. Nous réfléchissions.

– Aucune trace de lui ? Aucun renseignement sur lui ?

– Aucun.

– De quelle ville venait son convoi ?

– On n'a pas su me le dire.

Nous exigeâmes du barman une deuxième tournée, comme si l'alcool apprivoisait le mystère.

– Où est la Turque ?

– Partie. Rentrée au pays.

– Qui a hérité de la villa ?

– La municipalité.

Aucun mobile crapuleux n'expliquait donc la scène. Une troisième tournée s'imposait. Le barman commençait à nous jauger d'un air inquiet.

Nous nous taisions.

Ulla et moi ne pouvions en comprendre davantage, mais nous éprouvions du plaisir à y penser encore. D'ordinaire, la vie est une tueuse d'histoires : certains matins, on sent que quelque chose va commencer, de plein, de pur, d'exclusif puis le téléphone sonne, c'est fini. La vie nous hache, nous disperse, nous atomise, elle nous refuse la pureté du trait. Ce qu'il y avait de singulier avec la femme au bouquet, c'est que la vie reprenait une forme, son destin avait la pureté de la littérature, l'économie d'une œuvre d'art.

À deux heures, nous nous sommes quittés pour aller dormir mais le sommeil fut long à s'imposer car je cherchai jusqu'au matin qui la femme au bouquet attendait sur le quai numéro trois, gare de Zurich.

Et je crois que, jusqu'à mon dernier jour, je me demanderai si c'était la mort ou l'amour qui descendit du train.

Table

Table

Du même auteur
aux Éditions Albin Michel :

ROMANS

La Secte des égoïstes, 1994.
L'Évangile selon Pilate, 2000, 2005.
La Part de l'autre, 2001, 2005.
Lorsque j'étais une œuvre d'art, 2002.
Ulysse from Bagdad, 2008.
La Femme au miroir, 2011.
Les Perroquets de la place d'Arezzo, 2013.
La Nuit de feu, 2015.
L'homme qui voyait à travers les visages, 2016.
Madame Pylinska et le secret de Chopin, 2018.

NOUVELLES

Odette Toulemonde et autres histoires, 2006.
La Rêveuse d'Ostende, 2007.
Concerto à la mémoire d'un ange, Goncourt de la nouvelle, 2010.
Les Deux Messieurs de Bruxelles, 2012.
L'Élixir d'amour, 2014.
Le Poison d'amour, 2014.
La Vengeance du pardon, 2017.

LE CYCLE DE L'INVISIBLE

Milarepa, 1997.
Monsieur Ibrahim et les fleurs du Coran, 2001.
Oscar et la dame rose, 2002.
L'Enfant de Noé, 2004.
Le sumo qui ne pouvait pas grossir, 2009.
Les dix enfants que madame Ming n'a jamais eus, 2012.

ESSAIS

Diderot ou la philosophie de la séduction, 1997.
Ma vie avec Mozart, 2005.
Quand je pense que Beethoven est mort alors que tant de crétins vivent, 2010.
Plus tard, je serai un enfant (entretiens avec Catherine Lalanne), éditions Bayard, 2017.

BEAU LIVRE

Le Carnaval des animaux, musique de Camille Saint-Saëns, illustrations de Pascale Bordet, 2014.

THÉÂTRE

Le Grand Prix du Théatre de l'Académie française
a été décerné à Eric-Emmanuel Schmitt
pour l'ensemble de son œuvre.

La Nuit de Valognes, 1991.
Le Visiteur (Molière du meilleur auteur), 1993.
Golden Joe, 1995.
Variations énigmatiques, 1996.
Le Libertin, 1997.
Frédérick, ou le boulevard du crime, 1998.

Hôtel des deux mondes, 1999.

Petits crimes conjugaux, 2003.

Mes évangiles (La Nuit des Oliviers, L'Évangile selon Pilate), 2004.

La Tectonique des sentiments, 2008.

Un homme trop facile, 2013.

The Guitrys, 2013.

La Trahison d'Einstein, 2014.

Georges et Georges, Le Livre de Poche, 2014.

Si on recommençait, Le Livre de Poche, 2014.

Site Internet : eric-emmanuel-schmitt.com

Le Livre de Poche s'engage pour
l'environnement en réduisant
l'empreinte carbone de ses livres.
Celle de cet exemplaire est de :
450 g éq. CO₂
Rendez-vous sur
www.livredepoche-durable.fr

Composition réalisée par IGS-CP

Imprimé en France par CPI
en novembre 2018
N° d'impression : 2040483
Dépôt légal 1ʳᵉ publication : février 2010
Édition 08 - novembre 2018
LIBRAIRIE GÉNÉRALE FRANÇAISE
21, rue du Montparnasse - 75298 Paris Cedex 06

31/3437/6